ハヤカワ文庫 SF

〈SF2429〉

宇宙英雄ローダン・シリーズ〈705〉

M－3の捜索者

アルント・エルマー&クルト・マール

小津 薫訳

早川書房

9017

PERRY RHODAN
SUCHER IN M 3
DER DROIDE
by
Arndt Ellmer
Kurt Mahr

Translated by
Kaoru Ozu
First published 2024 in Japan by
HAYAKAWA PUBLISHING, INC.
This book is published in Japan by
arrangement with
HEINRICH BAUER VERLAG KG, HAMBURG, GERMANY
through JAPAN UNI AGENCY, INC., TOKYO.

目次

Ｍ－３の捜索者

M-3の捜索者

アルント・エルマー

登場人物

ペリー・ローダン……………………銀河系船団最高指揮官
レジナルド・ブル（ブリー）……《シマロン》指揮官
イアン・ロングウィン……………同首席操縦士
ラランド・ミシュコム……………同副操縦士
ヴェエ・ユィイ・リィ……………同首席技師。ブルー族
グッキー………………………………ネズミ＝ビーバー
アンブッシュ・サトー……………超現実学者
エンザ・マンスール
ノックス・カントル　}……………シナジー・ペアと呼ばれる天才科学者
ラフサテル＝コロ＝ソス…………ポルレイター

1

イアン・ロングウィンは、やや身をかがめるように操縦席にすわっていた。《シマロン》の船長であり首席操縦士でもあるかれは、まるで眠っているかのように見える。だが、目はあけたままで、ときどき頭をすこし左または右に向けて、司令室とその乗員を見わたしていた。ロングウィンはなにかを待っていた。いつものように平然とし、無言で。カタストロフィのあと、かれはいっそう口数がすくなくなった。そして六週間以上前、六百九十五年遅れで六十歳の誕生日を迎えたという事実も、鼻で笑うように手を振ってあっさりと受け流していた。この苦難の状況下にあって、ロングウィンを《シマロン》における唯一の安らぎの中心だと見なすものもいた。それは、やや大げさだった。なぜなら、ほかにも冷静さをたもっている人類や地球外生命体がいたからだ。

ロングウィンはけだるそうにまばたきした。船の機能を制御し監視するためのこの司令室は、設備は簡素ながら親しみを感じさせ、くつろぎをあたえることで、ここでは基本的にだれもが快適にすごせるように設計されていた。司令室は長さ十五メートル、幅十メートルの楕円形で、壁に沿って専門家たちの作業ステーションがならんでいる。ごくふつうのＬＦＴ船同様、司令コンソールは中央のポデストにあった。

あるいは、より正確にいえば、約七百年前には〝ごくふつう〟だったのだ。当時、この小船団をとりまく宇宙が闇につつまれ、それにつづき位置が変化しているのが確認された。船が停滞フィールドから解放され、六百九十五年もの未来に漂着させられたことを知った銀河系船団の乗員は、みなショックを受けた。しかし、その後の数週間にかれらを襲った出来ごとは、この経験をはるかにしのぐものだった。

突然、イアン・ロングウィンは頭をあげ、コンソールのインジケーターに目をやった。だれかが反重力リフトで司令室にくるようだ。操縦士席がゆっくりと回転し、反重力シャフトが大きく口をあけている背後の壁を向く。何秒かあと、その開口部から数人が姿をあらわし、司令室に入ってきた。どうやら三人のようだ。ペリー・ローダンがレジナルド・ブルとネズミ＝ビーバーをともなってやってきたのだ。三人は大股で司令室を横ぎると、ローダンは司令コンソールの前で立ちどまった。

「とくに報告はありません」と、ロングウィン。「フェニックス＝１から四光分の位置を航行中です。速度はおよそ時速三百キロメートル」

「ありがとう、イアン。カウントダウンを開始してくれ。約束の時刻にスタートだ！」

あと半時間たらずだ。ロングウィンはふたたび操縦士席をもとの向きにもどした。かれはシントロニクス結合体に連絡し、《シマロン》のすべてのシステムを活性化させた。船はゆっくりと速度をあげ、アトランの《カルミナ》へと向かった。このアルコン人は、現時点で十二隻の船からなる小船団の指揮をまかされていた。《モノセロス》は《バジス》の残骸がある位置で監視船としてのこっている。そして《ペルセウス》は、ジュリアン・ティフラーの指揮のもと、数日前にポイント・シラグサに向かってスタートしていた。かれからはいまだなんの知らせもない。

ローダンとその同伴者たちは、司令コンソールの右側にある予備のシートにすわった。ロングウィンはふたりの不死者のいずれもが、操縦士席や、いまは空席の副操縦士席にすわろうとしないことに気づいた。シントロニクスに、ラランド・ミシュコムの行方を訊ねると、ララはちょうど休息時期を終了し、司令室にもどる準備をしているところだと聞かされた。

カウントダウンが終了するちょうど五分前に、彼女は姿をあらわした。司令室のまんなかに立ち、すべての目が自分に向けられるまで待っていた。

「狩人の耳が聞こえなくなるほどの大声で鳴く鳥はいないわ」彼女特有の謎めいた格言のひとつを発表した。古いアフリカの知恵だと彼女は称しているが、じつは彼女の創作で、現在の状況にあてはめると、ほとんど意味をなさないこともあった。

「それ、いったいどういう意味なんだい、ララ？」自分の存在に彼女が気づいてくれるように、グッキーはシートにすわったままもったいぶっていった。ラランドはそっけなく、にやりと笑ったあと、両腕を拡げた。

「おちびさん、古いアフリカの格言はとっても意味深なの。あそこへ行ったことがある？　かれらの話を聞いたことは？　水が勢いよく流れ、雌鳥が虹をわたって逃げるの。ザンベジ川のヴィクトリアの滝に行ったことがあるかしら？　もし行ったことがないのなら、わたしが連れていって……」

彼女はそこで中断し、口を手で押さえた。夢中になって話をしているうちに、自分がどんな蜂の巣をつついたのかに遅まきながら気づいたのだ。

「はっ！」グッキーはシートから飛びおり、よちよち歩きで彼女のほうに向かっていった。背中をそらせ、威厳を見せようと最善を尽くす。「ねえ、どうやってやるんだい？　銀河系に入ってテラに行く道を見つけたの？　それともひょっとして、ぼくの大いなる善意と愛想のよさにたよって、わがささやかなるテレポーテーション能力を利用したいってのかな？　思うに、ネコのひと飛びほどの距離でしかないもんね。ぼくがこんな言いまわししたのを、カルタン人なら許してくれるよね！」

「夜になるまでお待ちなさい」テラナーにして、船長代行の彼女は逆襲した。「そうすれば、ネコさんがかってにやってきて、あなたを食べてくれるはず！」彼女は自分の操縦士席に歩みより、そこに身を沈めた。

グッキーは沈黙しているほうを選んだ。目のすみで、シントロニクスがホログラムを投影しようとしているのに気づいたからだ。それが安定するまでのあいだに、かれは自分のシートにもどった。

だしぬけに司令コンソールの前にあらわれたのは、アトランの姿だった。アルコン人は手をあげて挨拶した。

「きみたちの幸運を祈る」アトランは告げ、あたりを見まわした。「もしだれかあてにできる者がいるとすれば、それはM-3のポルレイターだ」

ローダンは暗い顔でうなずいた。M-3のことを考えたのは、《ラクリマルム》の科学者たちが、クロノパルス壁の測定データを評価し、狂気のバリアが効力をもつ範囲を特定するモデルを考えだしたときのこと。このモデルによれば、球状星団M-3はこの狂気のバリアの外にあったのだ。それゆえペリー・ローダンは、すくなくともそこに飛び、かつての監視人組織に接触することを試みてみようと思ったのだ。テラナーたちが最後にポルレイターたちと接触したのは、NGZ四二九年のことだった。当時、《バジス》は五惑星施設、新モラガン・ポルドまで飛んでいき、エレメントの支配者たちにたいする助けを得ようとした。ポルレイターたちはローダンにデヴォレーターを託した。

そしてかれとともに、敵にたいして勝利をおさめた。二名のポルレイター、すなわちラフサテル＝コロ＝ソスおよびクムラン＝フェイド＝ポグは《バジス》と深淵まで航行をともにし、艦船が銀河系に帰還したあと、伝令船でM－3にもどった。それ以後、ポルレイターについてはなにも見聞きしていなかった。かれらはみずから好んで孤立しており、コスモクラートのリングによって導かれていたのだ。

「ありがとう」ローダンは答えた。心持ちほほ笑んでいたが、不意にまた真顔になった。

「実際に目標を達成できるかどうかはまだわかりません。ほんとうに成功すれば、かなり前進したことになりますがね。もはや深淵の騎士がひとりもいないに等しい現在、ポルレイターは重要です。だが、かれらはどこにいるのか？　どういう行動をとるつもりなのか？　コスモクラートからあらたな指示を受けているのか？」

「受けていなければいいのだがね。いや、受けてはいないと思う。コスモクラートにとって、ポルレイターはもはや無用な存在だからな、ペリー」

「そうですね、アルコンの族長、そう願うことにしましょう。ほかにも願うことはたくさんありますがね！」

アトランは手をあげ、はげますようにまわりを見わたした。そのあと、ホログラムは消えた。《シマロン》はとっくに《カルミナ》を追い抜き、隊列の外の空虚な空間を進んでいた。フェニックス＝1は惑星サトラングから百八十五光年離れている。正確にはサトラングが属するこの小星団M‐30の周辺部の外、アンドロメダ星雲の方角に百十光年の距離にある。

　サトラングでのことを思うと、いまも胸が痛むのをおぼえた。あの出来ごとのショックが心に深く食いこんでいて、数日たっても弱まることはない。

　シントロンが乗員に最後の明確なメッセージを伝え、カウントダウンの最後の数秒が経過すると、《シマロン》は加速を開始した。エンジンがうなりを上げ、船は高加速でスタートした。

　それと同時に、司令室に第三格納庫からの報告がとどいた。

　ハミラー・チューブがまた問題を引き起こしていたのだ。

*

　ローダンは周囲のことを、もはや知覚していなかった。考えに沈んでいたのだ。これまでに知りえたことに意味を見いだそうと努めた。なにも知らなかったに等しい実際に起きたことへの手がかりとなるものを探していた。

　六百九十五年の喪失がかれらにあたえたショックのあと、かれらは果敢に探索に乗りだした。分解した《バジス》を見つけ、のちに惑星ブガクリスへと飛んで、《バジス》乗員の子孫を発見した。『ログ』と呼ばれるもののデータの情報により、すこしは前進したものの、ハミラー・チューブはほとんど役にたたなかった。その結果、かれらはハンガイ銀河をはなれ故郷銀河へと向かうことにした。その途上、破壊されたミッドウェイ・ステーションを発見し、最初の悪しき情報を得た。マークスとグラドとの接触により、何世紀も前になにが起きたのかほんのすこしわかってきた。

ドリフェル・ショックによって引き起こされた宇宙的カタストロフィのあと、局部銀河群のいたるところで、恐るべき戦いが猛威をふるった。ハンガイ銀河の民衆は、たがいに争って不和になり、無数のちいさな星間帝国に分裂した。ポスビは二百の太陽の星を去り、ペリー・ローダンという名の伝説を追うイホ・トロトにしたがった。かれらがどこへ行ったのか、だれも知らない。Xドア宙域にいたテラナーと同様、二百の太陽の星にいたポスビも、消息をのこさなかった。イホ・トロト自身についても、痕跡は存在していなかった。唯一、メッセージがのこされた録音器をおさめたかれの戦闘服だけが手に入った。

ギャラクティカーの故郷である銀河系には、もはや足を踏み入れることはできなかった。クロノパルス壁とそれ以外の一連の防御メカニズムは、ロボット・ゾンデの進入すら阻止した。密閉シールドは完璧に機能した。そしてマークスとグラドがテラナーもアルコン人も絶滅したと思いこんでいることは、銀河系船団の乗員に不安を吹きこんだ。

ペリー・ローダンは自分自身に疑念をいだいていた。自分がペシミストでないことはたしかだ。自分の目で見ないかぎり、なおも希望をいだいていた。かれは運命と闘いはじめた。頭のなかで〝それ〟に呼びかけたが、超越知性体は答えない。〝それ〟は消え去っていた。そう。ペリーはかたく信じていた。〝それ〟はもはやこの力の集合体にとどまってはいないのだと。ベネカー・ヴリングの言葉がいまも生き生きとかれの耳に聞こえていたので、とうてい無視することなどできなかったのだ。

あのときと現在とは、ほぼ七百年の隔たりがある。テラナーは目を閉じ、かれと友たちがカタストロフィ後の危機の時代を経験しなかったのは幸運だったのか、それとも不運だったのかと思案していた。

サトラングで体験したことが、目の前に浮かびあがってきた。グッキーがもたらした衝撃的な報告をかれはけっして忘れないだろう。かれらは遅すぎたのだ。自分の義理の息子ジェフリー・アベル・ワリンジャーはもういない。なにものかがかれから細胞活性装置を盗み、それによって、かれに死を宣告したのだ。ワリンジャーとそのすべての科学知識は人類から失われ、宇宙船に乗ったギャラクティカーたちは、クロノパルス壁の前でただ立ちつくすほかなかった。さながら手のとどかない高さに把手《とって》のある閉じられたドアの前で立ちつくす子供たちのように。

ローダンはゲシールのことを思う。妻からの知らせ、または合図をたえまなく待っていた。彼女はカタストロフィを生きのびただろうか？　停滞フィールドに閉じこめられた六百九十五年が、かれにとって贈り物なのか、それとも罰を意味するのか、彼女は知っているのだろうか？

ひとつだけ、意味ある行動がとれた。かれらは惑星サトラングにモニター・システムをのこしてきたのだ。隠者たちの世界に異常が起きれば自動的に警報を発するものだ。二千光年の到達距離をもつハイパー通信装置は、未知船からの攻撃にそなえて何重もの安全装置が確保されている。だが、マイクロ波探知機上の亡霊のような映像だけしか手がかりのない敵にたいして、それはどういう意味をもつのだろうか。

細胞活性装置を盗み、銀河系の状況に精通していることを立証しているこの敵の正体をしめすヒントは、いまだにひとつも存在していない。

当然だ、とローダンは考えた。結局のところ、すべてのことを調べるのにこれまで何世紀もの時をかけてきたのだから。

かれはいまなお局部銀河群のどこかにとどまっているにちがいない長年の友たちや、活性装置保持者のホーマー・G・アダムス、ガルブレイス・デイトン、そしてもしアブサンタ＝ゴム銀河からまだ間に合ううちに脱出できていたなら、ロワ・ダントン、ロナルド・テケナー、そしてジェニファー・ティロンにも思いを馳せた。かれらはまだ生きているのだろうか？　おそらく局部銀河群上に点在する通商センターまたはコズミック・バザールに身をひそめているのではなかろうか？　そもそも、バザールはまだ存在しているのだろうか？

かつての七強者の播種船はどうなったのだろう？

多くの疑問がテラナーをいらだたせた。時が指のあいだから砂のように流れさっていったことをかれは知っていた。かりに新生児を冷水の入った浴槽に投げ入れたとしても、そのショックと悪寒は、かれらがこの何週間かに身をもって知り経験しなければならなかったことほどは、大きくはなかったにちがいない。

運命はかれらに過酷かつ容赦なかった。かれらは人間には不可能なことを試みるほかなかった。そして、自分たちはそれを達成できると希望をいだいてさえいたのだ。

分別を失っていたのだろうか？

ローダンはこれから起こることに考えを向けた。すぐ間近に迫っていることに。かれらはM－3に進むことに大きな期待をよせていた。なにが起きたのかを解明するだけではなく、エレメントの支配者と対立した当時のように、ポルレイターによる具体的な助けをえられるかもしれない。かれはエビのかたちをしたこの活動体と銀河系諸種族とのあいだにあった契約のことを考えていた。

それは過ぎ去った何世紀かを通じて有効だったのだろうか？　本来なら、それが前提となるはずだ。だが、しかし……

ローダンはあえてそれを突き詰めて考えなかった。突然、娘と話がしたくなったのだ。

かれは立ちあがると、《シマロン》の司令室から立ち去った。仲間たちはなかば驚き、なかば考え深げに、かれを見送った。

＊

大きすぎるほど大きい頭をもつ、華奢《きやしや》なテラナーは、第三格納庫からすこしはなれたホールに足を踏み入れた。ロボットたちによって追加の照明器具が設置され、後方の壁には安定材と補強材が取りつけられていた。窪みがつくられ、科学者とエンジニアがそこにハミラー・チューブをうまくはめこんだ。まるで最初からこの場所用に設計してあったかのように。幅八メートル、高さ四メートルのその箱には多数のライトが点滅し、チューブはこの学者の到着を短い挨拶でむかえた。

「こんにちは、サー！」と、ハミラー・チューブ。

「ハロー、ハミラー！」アンブッシュ・サトーは意識的にこの挨拶の言葉を選んだ。ハミラーと自称することで、ペイン・ハミラーの脳がそこにかくされているとほのめかす噂をふりまくこの箱の特異性を、かれは知っていた。ハミラーの脳を見つけだした者はいまだにいない。というのも箱はあけることができず、テレポーター自身もその内部には近よることができなかったから。ハミラー・チューブは自給自足のエネルギーを備え、保護シールドの助けをかりて、自分を隔離することができたのだ。

隔離とはよい言葉だとサトーは思った。今回、かれはひとりでやってきた。科学者チームには一時間後にくるようたのんである。なぜこれでうまくいくと請けあったのか、自分でもわからなかった。ときどき感じる予感のようなものかもしれない。これまでこの箱に取り組む試みに何度も失敗してきたことを、かれはさほど問題にしていなかった。ハミラーは頑固な態度をとっていたが、そのことはべつに不思議ではなかった。チューブは過去のすべての出来ごとを失うという、恐るべき記憶喪失をわずらっていた。これまで、記憶回復のためのいかなる努力も成功しなかった。にもかかわらず、サトーには進捗《しんちょく》を期待する根拠がいくつかあった。チューブには《バジス》とその施設の概要を把握するために設計図を投射する機能があった。さらにまた、ハミラーは《バジス》がもともとはばらばらの部品の寄せ集めであったことを知っている。しかしながら、なぜ十万個もの部分に分散したのかについては、まったくおぼえていなかった。

そこでチューブはストライキを起こし、さらには、惑星ブガクリスで発見されたデータ記憶装置の情報すら、受け入れを拒否したのだ。

アンブッシュ・サトーは箱の壁の前に立った。そして、かれのグリーンの着物の下から記憶クリスタルをとりだす。かれはそれを吟味するように目の前にかざした。

「なにをもっているのですか？」ハミラー・チューブは訊いた。

「過去に関する情報です。《シマロン》のデータから編集しました。あなたに吟味していただきたくてね」

「でも、あなたには下心がありそうですね」

「いいえ。この情報を受けとってもらいたいだけです!」

「いいでしょう。多少のリスクを冒す覚悟はできています。どうぞ、そのクリスタルを第二記憶装置の開口部に置いてください!」

銀色に輝く壁にちいさな窓が開き、アンブッシュは前かがみになってクリスタルを置いた。すぐに小窓は閉じたが、超現実学者はかがんだままの姿勢をとりつづけていた。まるで壁に向かってお辞儀しなくてはならないかのように。

「データは興味深いですね」チューブの愛想よく調整された声がふたたび響いてきた。

「どうやら、四四七年から四四八年初頭の出来ごとのようですね。残念ですが、お役にはたてないようです、ミスタ・サトー、このデータはわたしのより前の時代のものなので!」

サトーは身を起こした。その目は輝いていた。かれはそれ以外の答えを期待してはいなかった。

「あなたの時代はいつはじまったのですか、ハミラー?　あなたが始動した日付をおぼえていますか?」

「残念ですが、それは手元にありません」

「あなたの概要図を見せてください！」テラナーは要求した。「きちんと順番に、そして、ゆっくりと」

ハミラー・チューブはその要求にしたがった。サトーはすべてを詳細に観察し、ヒントあるいは欄外の注を探すのに、たっぷり半時間をついやした。予想に反して、かれは探していたものを見つけた。

「船首セクションの在庫プランに日付がついていますね」かれは確認した。「この日付になにか心あたりがありますか？」

「わたしには日付など確認できません！」

サトーは腹を立てて、かぶりを振った。そんなことがありうるだろうか？

「在庫プランのそのページには、下に〝AD三五八六〟としるされていますよ。これはそのときのものだ、ハミラー！」

「あなたはまちがっておられます。そんなものは存在していません！」

「すぐにプリントアウトをよこしなさい！」

どこかでかすれた音がし、スロットから薄片がかれの手に滑りこんできた。かれはそれをとりあげ、よく見てから、満足げにポジトロニクスの記録装置に、それをかざした。

「なにが見えますか、ハミラー？」

「記号が見えます。でも、これはわたしの記憶バンクにはふくまれていません！　転送エラーにちがいありません！」

「あなたは概要図を見せてくれました。そこにこの記号があったのですよ。ＡＤ三五八六。〝ＡＤ〟とはなにを意味しますか？　ハミラー？」

「わかりません」

「これは〝西暦〟という年号をしめす記号です！」

「わたしは知りません。それがなんなのか、わたしにはわかりません。いまはＮＧＺ一一四三年です！」

アンブッシュ・サトーの心臓から石が落ちる音が聞こえるほどだった。この瞬間、かれは箱を抱擁したいほどだった。

「もちろん、われわれはＮＧＺ一一四三年にいます。そして、六百九十五年前にはＮＧＺ四四七だった。ここまでついてこられますか？」

「当然です、ミスタ・サトー、それで？」

「それならもう一度、四四七年から四四八年初頭にかけてのデータを見てください。あなたはこのデータを事実として受け入れる用意ができていますか？」

「もちろんです。でも、わたしはそれにたいしてなにもできません。データを記憶バンクに入れますが、それらは断片であり、わたしが存在していなかった過去の部分的知識にすぎません！」

「ハミラー、わたしから《バジス》の建造に関するデータを受けとりましたね。それらは在庫品プランの記号と同一ですか？」

「そうですとも」

「では、きみ自身の活性化はいつはじまったのですか？」

「ミスタ・サトー、あなたによる外部からのインプットを基礎として、NGZ四二四年の十二月十七日です」

「あなたが建造され《バジス》に設置されてから、ちょうど四二二年後です。外部からの制御や誘導とは無縁の自主的な活性化でした。いつ目覚めるか、どうやって自分で選択できたのか説明するよう、要求します！」

「そんないいがかりを説明するなんて、非論理的です。あなたの存在とくらべてください。あなたは《バジス》の船長ハロルド・ナイマンを殺害したと、わたしは主張します。だから、あなたにその殺害のなりゆきを説明してもらうよう、要求します！」

「もういいです、ハミラー」サトーは手で拒絶の合図をした。かれは数歩あとずさり、胸の前で両手を重ねると、細くて長い指をじっと見つめた。よく考えなければ。そしてすべての問いと答えをもう一度吟味した。それがすむと、かれはいった。

「あなたが再度確認してくれることを期待していますよ、ハミラー！」

　ポジトロニクスがようやく答えたとき、その声はいまにも泣かんばかりだった。

「わたしがNGZ四二四年十二月十七日から存在しているという、あなたの主張をわたしは受け入れます、ミスタ・サトー。でも、わたしには明らかに四四八年よりずっとあとの記憶キャパシトロンしかありません。それで、わたしに語られたばかげた話をすべて信じているとあなたは本気で思っているのですか？　わたしがXドアと関わりがあり、タルカン宇宙のことを知っていると？　ギャラクティカムとは、宇宙ハンザとはなにか？　唯一ほんとうに重要なのは、テラナーが存在するという事実です。なぜなら、最初に到着したテラナーに、わたしはわが国の指揮をゆだねたからです！」

「ハミラー、あなたはばかげたことばかり話している！」サトーは突然、甲高《かんだか》い声をあげた。ポジトロニクスの態度の予想外の変化が、かれを不安におとしいれたのだ。成功への道を、これまでは順調に進んでいたのに。

「あなたの意図はわかっています」チューブの声が響きわたった。「あなたはわたしが誘惑に負けて連想したり、時間的にまったく相《あ》い入れない事柄を結びつけたりするようになるのを待っておられるのです。そもそもわたしを、どれほどおろかだと思っているのですか？」

「聞きなさい、ブリキ箱。サンドラ・ブゲアクリスが遺した『ログ』には真実がふくまれています。われわれはみなそれを知っている。ただあなただけが、この事実に耳をふさいでいます。なぜ《バジス》の分解を指示したのですか？　逃走するほうが賢明だったのに。なぜ一万二千人の乗員から、あっさりとその〝家《ホーム》〟を奪ったのですか？　これが抑圧コンプレックスの引き金になったのですか、ハミラー？　いいかえれば、あなたは実は人間なのでは？」

「もういいかげんに質問はやめてください！」ポジトロニクスは音量を最大にまであげて答えた。アンブッシュ・サトーは一瞬、頭痛をおぼえ、拷問にかけられたかのように両手を耳にあてた。かれは箱に背を向けた。〝キ〟を使わないかぎり、この騒音に長くは耐えられそうもない。しかしかれの考えでは、それはまだ時期尚早《しょうそう》だった。

「わたしはもうやめていますよ」かれはつぶやいた。すると、騒音はとまった。

「申しわけありません」チューブは応答した。サトーには遠くからのように聞こえた。

「ああ、そうなのですか？」

「はい。《バジス》のような船は、あらゆる人間的な事情をこえる理由がある場合にのみ、はじめて分散化が可能です。《バジス》自体の存在、ひいてはわたしの存在に関しても。でも、わたしの知らない過去にそんな事件が起きたと信じさせようとするなんて、笑えますね！」

「だがあなたはすくなくとも、かつてその船が完璧なかたちで存在していたことを知っているはずですよ！　でなければ、部品をふたたび組み立てろというあなたの要求は説明がつかない！」

「あなたがくれた知識から、そうした要求をだしたのかもしれない。でもわたしの主記憶バンクには、そんなものは存在していません！」

「では、あなたは頭がおかしいのだ！」サトーは断言し、切り札をだすことにした。「あなたを抹殺する措置をとる！」

「とんでもない！」チューブは叫んだ。「そんなことは許されません。わたしは難攻不落です。わたしは自分を守らなければなりません。わたしはいつも必要なものはすべて守ってきました。もしあなたがわたしを抹殺するというなら、わたしはあなたを妨害しなければなりません。あなたは命の危険にさらされるのですよ、ミスタ・サトー！」

ポジトロニクスの声はふたたび甲高くパニックに満ちてふるえていた。サトーはほほ笑んだ。

「あなたに挨拶してほしいとのことでした」かれは宣言した。「古い友から！」

「わたしに古い友なんていませんよ！」

「思いちがいしていませんか？」

「ぜったいにしていません」

「悪童オリーからあなたによろしくとのことですよ、ハミラー！」

スピーカーからの大音響は、数百人を意識不明にさせたかもしれない。サトーは出口まで走っていき、安全な場所に避難した。かれは大音響がしだいに弱まるのを待ち、そのあと、引き返して質問をつづけた。

かれは質問をつづけたかった。

だが、ハミラーは頑としてゆずらなかった。かれはテラナーを無視するだけで、いっさい応じなかった。

*

シナジー効果とは、そもそもなんなのか。もしエンザ・マンスールとノックス・カントルが話しているのを聞けば、このパラ能力者たちがまったく日常的なことを話しているのがわかる。テラ生まれのこのふたりは、《バジス》にうつり住んで以来、驚嘆すべきことをなし遂げてきた。ふたりのまったく異なる人間が、かれらの専門分野ではパラノーマルな統一体を築き、ときにはコンピュータ・システムおよびコントラ・コンピュータの機能に比肩された。才能あるこのふたりは、たとえばストリクターをエネルプシ船にたいする効果的な武器に変えることができた。かれらはまた、パラ露とプシオンエネルギー、あるいはスティギアン・ネットとの相互作用について集中的に研究をおこなった。

そして、ふたりはタルカン遠征隊に参加し、停滞フィールドによる時間跳躍を経験した。フィールド内では数秒しかたっていなかったのに、外では六百九十五年が過ぎていたのだ。エンザとノックスはたったいま起きたこの現象にシナジー効果の助けを借りてアプローチしようと試みた。かれらはある程度のちいさな結果はだせたが、それほど大きな成果は得られなかった。かれらの方法では、アンブッシュ・サトーがおこなった解釈以上のものを明らかにできなかったのだ。もはや存在しない一時的な現象にどうやって取り組むことができるのか。それがほんとうの問題だった。シナジー効果は具体的なものにしか機能しない。それ以外のものは空論のままだった。

　ふたりは自分たちの努力の成果が得られず、ともに悩んでいた。もっとよい方法がないかと探し、最終的に《シマロン》にもちこまれたハミラー・チューブにそれを見つけた。アンブッシュ・サトーとほぼ同時に《シマロン》にうつり住み、快適にすごせるように環境を整えた。エンザは気分屋で、彼女のとなりにいるノックスはどこかたよりなげな印象をあたえる。この不釣り合いなカップルの気分は、その都度ふたりの顔から読みとることができた。ふたりはほかの科学者とともにハミラー・チューブとその問題に熱心に取り組んだが、ふたりのあいだの緊張をほとんど変えることはなかった。

　時間跳躍を無視するなら、ノックスがエンザと知り合ってから四年ほどになる。彼女の気分はいまだにかれにとっては封印された書物で、《バジス》のポジトロニクスが現在かれらにあたえているものよりはるかに大きい謎だった。毎朝、スポーティな印象をあたえるテラナーは、きょうのエンザはどういう気分だろうと内心で不安になる。彼女が素直でリラックスしていれば、かれは宇宙でいちばん幸福な男だったし、彼女が冷たく打ち解けないか、または無愛想で不機嫌なときは、つらくみじめな気持ちになるのだ。

その日の朝、《シマロン》の照明がふたたび明るくなるころ、ノックス・カントルは、すでに最近いっしょに朝食をとっている食堂の出入口で待っていた。十分ほど待ってから、なかに入って注文をはじめることにした。かれが座席にすわるとすぐに、彼女が出入口にあらわれた。短いブロンドの髪は、すくなくとも二度はブラッシングしたにもかかわらず四方八方に張りだしていた。大きい褐色の目はやや恥ずかしげに見える。その視線はまるでノックスの顔ではなく鏡を見ているかのようだった。かれの褐色の目も同じで、大きく物問いたげで、すこし無力で、不安そうな印象をあたえた。

「きていたのね！」エンザは聞きとれないほどの小声でいい、かれの向かい側の椅子に身を沈めた。「早すぎない？」

「きみが遅刻したんだ」かれは思いきって抗弁した。

「だから、なに？」彼女が嚙みつくようにいった。かれは本能的に、やや、しりごみした。「あなたは人生でいつも時間厳守してきたの？　一分も待てないのね！」

ノックスはごくんと唾《つば》をのみこみ、視線を落とした。かれの思いは混乱していた。いままさに彼女にいいかえす言葉を見つけたのに、いつのまにか滑り落ち、まるで頭から水をかけられたプードルのようにすわっていた。

「どうしたの？」エンザは腹立たしげに叫んだ。「いいかげんに、なにか注文しようと思わないの？」

「そういうことじゃないんだ」かれは急いでいったが、彼女は反応をしめさない。かれにたいして不当な扱いをしたのを知っているはずなのに、彼女はそれを無視したのだ。

かれはテーブルの中央にはめこまれた端末のスイッチを入れると、彼女がいつも朝食に食べているものを注文した。しかし、エンザはそれが気にいらない。やっと満足するまで文句をつけては二度も注文しなおした。自動機がようやく彼女に望みのものを運んできたときには、ノックスはすでにコーヒーを半分飲み干し、生きた雌鳥から産まれたものではない半熟卵をたいらげていた。かれはクロノメーターに目をやった。

「あと十五分。そのあと、サトーと会う約束をしてるんだ！」

彼女はぎょっとして、かれをにらみつけながら椅子のうしろにもたれた。口もとには腹立たしげな表情が浮かんでいる。

「いったい、あの超現実学者にどんな用があるの？　ねえ、ノックス、しっかりしなさいよ！」

彼女がなにをいおうとしているのか、かれにはよくわからなかった。のこりのコーヒーを飲み干し、サンドイッチを口のなかに押しこむ。かれはこれ見よがしに立ちあがり、となりのテーブルに行った。これによって決定的に彼女の機嫌を損ねることはわかっていた。すくなくともその日は。しかし、突然どうでもよくなった。となりのテーブルでフルーツ・ジュースを注文し、それを飲み干して朝食をすませると立ちあがった。かれは急いで出入口まで行った。

振り向いて彼女を見るのは避けた。その視線、ゆがんだ口もと……彼女にかれを怒らせる機会をあたえたくなかったのだ。なぜ自分にたいしてこんなにも意地悪な態度をとるのか、かれにはわからなかった。エンザ・マンスールの瞳がうるんでいるのを、かれは見逃していた。かれが外に出ていくと、彼女は皿を投げすて、立ちあがった。食欲はとうに失せていた。彼女はかれを追いかけたが、かれがドアの前で彼女を待っていたことにはまったく驚かなかった。

第三格納庫のホールまでの道を、ふたりは黙って進んでいった。通廊側からホールに入ると、アンブッシュ・サトーが床にすわっていた。超現実学者は脚を組んでいた。上半身は前後に揺れ、頭は下に垂れていた。まるでトランス状態におちいっているかのようだった。かれらのたてる物音にも反応をしめさない。かれらが立ちどまって待っていると、ようやくその態度を変えた。かれはすこしからだの向きを変えた。

「ここにおいでなさい。じゃまにはならないから」かれはしゃがれ声で告げた。「わたしは待っているだけなのでね。時間はある。たっぷりある」

そのあと、かれは自分とポジトロニクスのあいだでなにがあったかを報告した。そうしているあいだにも、さらに二十人の科学者があらわれたが、ほとんどがポジトロン専門家だった。その全員がハミラーにたいして課された問題を研究している乗員だった。

かれらはサトーの報告を注意深く聞いたが、過去の数日、数週間とくらべて驚くほど新しいことはなにもなかった。にもかかわらず、問題はさらに発展していた。

アンブッシュ・サトーは話しながら、科学者たちの壁の向こうを見た。エンザとノックスに気づかれないように、さりげなくふたりを観察する。ふたりは最初、すくなくとも半メートルははなれて立っていたが、時間がたつにつれて意識しないままたがいに近づいていった。そしていまは肩と腕が触れ合っている。サトーは目をいったん伏せてから、またほかの者たちに向けた。もしいま、〝キ〟を使っていたら、ふたりのあいだの不思議な絆を感じていたかもしれない。だが、かれはそれをしなかった。なにかはじけるような音が聞こえ、いぶかしく思った。

超現実学者は話を終えて立ちあがった。かれは銀色の壁をとがめるように指さした。

「チューブはもうわれわれと話をしないでしょう」かれは明言した。「死んだも同然ですから。ある種の脳卒中といえるかもしれません。それ以外には説明がつきませんからね！」

かれは出口のほうを向いた。ポジトロニクスはそれを見ていたにちがいない。事実、チューブは反応をしめした。「ミスタ・サトーのいうことは信じないでください」と、告げた。「かれが嘘をついていたことは、自分でたしかめられるでしょう」

シナジー・ペアは、壁の前に移動した。いま、ふたりは手をとりあっていた。そして、ノックス・カントルはあいたほうの手で、ひっきりなしに額にかかる髪をなでつけている。髪はくり返しもどってきて、骨ばってやせたその顔の上部をおおった。

「ハミラー、わたしたちはあなたの記憶バンクの機能を調べるために、ここにきたのよ」エンザ・マンスールが説明した。「あなたは、それに同意するかしら？」

「もちろんです。もっともそれに意味があるのか、はなはだ疑問です。あなたたちはすでに同様の検査を六回実施しています」

「それはわかってるわ。あなたはわたしたちのアクセスを拒否するようにプログラムされているのかしら？」

「もちろん、そんなことはありません」

「それなら、わしたちは〝君主〟に感謝するわ！」

すこしのあいだ、緊張した静寂が拡がった。ハミラーの壁ではさまざまな機能を象徴するいくつものライトが点滅した。

「もはや国が存在しないので、君主もまた存在しません。《バジス》までの現在の距離はどれくらいですか？　《モノセロス》から連絡はありましたか？」

「《バジス》までの距離はいま現在、わかっていない」ノックス・カントルは答えた。

「だがそれはかんたんに確認できる。《モノセロス》については、なんの連絡もない」

ハミラー・チューブはちいさなハッチをあけ、開口部から記憶クリスタルをとりだすよう、その場にいる者たちにうながした。エンザがそのとおりにし、クリスタルをアンブッシュ・サトーに渡した。超現実学者は軽くかぶりを振り、とがめるように彼女を見つめた。

「それについては、あとで」かれはいった。かれにとっては、ハミラーがかれにクリスタルをもどさないほうがよかったのかもしれない。

エンザはあらためて、壁の前に立ちはだかった。

「一時記憶バンク、制御要約！」彼女は叫んだ。

スクリーンのひとつが明るくなり、時間が表示された。それは《シマロン》の船内時間と一致していた。不思議ではない。ＬＦＴのすべての船は、もともと同じ年代計算法をもちいていたからだ。新時代にも《バジス》がこれを使用しているのは、科学者たちの目にはポジティヴな兆候として見えた。

「事件＝記憶バンク＝日付推定！」テラナー女性はつづけた。

ハミラー・チューブは要約システムで報告しはじめた。おもにロボットによって撮影された映像には、さまざまな異人たちが君主の国を侵略しようとする多くの試みが記録されていた。これらの記録は五百年以上前にさかのぼり、それらは一時記憶バンクの記録と合致していた。

だが成功はそこまでだった。事件＝記憶バンクおよび一時記憶バンクは正確に同じ時点までさかのぼることはできなかった。それらは一年以上、食いちがっていた。正確な結論を引きだすことはできなかった。

シナジー・ペアはたがいにじっと見つめ合った。かれらは言葉なしでも理解しあえるようだった。

「医療＝統計！」ふたりはひとつの口から発したように要求した。「全時代を通じて」

ふたたびスクリーンにデータが表示され、ハミラーの声が注釈をおこなった。それによれば、異人たちがロボットよって治療された例がいくつあるかをしめしていた。さらに、宇宙船の墓場における死者の統計もあらわれた。

医療統計はおよそ六百年前までさかのぼるものだった。

「三つの全記憶装置の時間データの論理的評価を」ノックスが叫んだ。

「ロボット三原則とはなにか説明して！」エンザはチューブに要求した。

ハミラーはロボット三原則がどういうものか口にした。同時にハミラーはほかのスピーカーを通じて、論理的評価に関しては実行不可能だと明言した。

「その明言を分析しなさい。あなたは三つの時間ファクターをもっている。それらには、どのようなつながりがあるの？」エンザは一歩、前に進んだ。「あなたは論理的な答えが可能な状況なの？」

彼女の意図は明らかだった。彼女は確信していた。《バジス》の主要部分の制御担当機関としてのハミラーの能力は、最初、異人への医学的援助のかたちではじまっていたことを。個々の事件の時間計算と確認がはじまったのは、あとになってからだ。

シナジー・ペアは同時に振り向いた。その視線とアンブッシュ・サトーの視線が交わる。超現実学者は確認するようにうなずいた。

「分析は不可能です」ハミラーは同時に意志表示した。「必要なデータを提供することができません。情報がたりないのです。同時に、既存のギャップを補うために偽の履歴データを使用しようとするのはまちがいであることも指摘したいと思います」

エンザは急いで左のほうに行った。キイボード入力用のコンソールがそこにある。

「その明言はまちがっているわ」彼女はポジトロニクスを訂正した。「履歴データは正確です。これまでに公開されたすべてのデータのレビューと、あなた自身の情報とを比較してみなさい！」

「すでに何度もおこないましたよ、マダム。悪童オリーという名の人物をわたしは知りません。ところで問題の人物は、正しくはオリヴァー・ジャヴィアであることを指摘しておきましょう」

「そこまでです！」

その叫びはアンブッシュ・サトーのものだった。着物をなびかせつつ、だが堂々たる態度で、超現実学者たちのあいだを通り抜けて、シナジー・ペアへと歩いていった。

「わたしがまちがっているというのは、ありえないことなのです」かれは静かにいった。「悪童オリーに言及すると、ポジトロニクスは大騒ぎをしました。いま、ポジトロニクスはその名前を知っていることを否定したにもかかわらず、同時に統計上の正しい名前で修正しました」

「そこからどう結論づけるんですか、サトー？」

サトーはエンザとノックスをひとりずつ見つめた。

「わたしにとっては明らかです。チューブは有機生体プラズマをもっているのですよ。それがペイン・ハミラーの脳であろうと、二百の太陽の星の細胞プラズマであろうと、それ以外のなにかであろうと」かれはいった。「いまは錯乱状態にあるのですよ。それ以外には説明がつかない。ハミラーは長期の統合失調症をわずらっているのです！」

「勘弁してください！」ハミラーはがなりたてた。「わたしは正常です。同時に、この船のシントロニクス結合体に接続するよう要求します。それによって、わたしが指揮を引き受けられるように」

「なんのためにですか、ハミラー？」サトーの問いは鞭《むち》の音のように響いた。

「指揮権はわたしに属しているからですよ。会話終了！」

銀色の壁のライトは二個をのこして消えた。それによって、ハミラー・チューブはほぼ完全にスイッチが切られたことがわかった。

アンブッシュ・サトーはエンザとノックスを出入口のほうに押していった。外に出ると、かれはふたりとともに側廊に姿を消し、約五十メートルほど先の、修理用ハッチの前に立った。

「なかを見てみなければ」かれはささやいた。

三人はそれを実行し、送電システム用の高エネルギーケーブルや保護カバーを敷設するロボットたちを目にとどめた。

サトーはもう充分に見た。かれはエンザ・マンスールとノックス・カントルが頭を引っこめ、問いかけるようにかれを見つめるまで待っていた。

「ここには、またあとでもどってくる必要がありそうです」サトーは親しげにほほ笑み、ハッチを閉めた。かれは軽くお辞儀をした。

「また会いましょう！」

ふたりはかれがすこし遠ざかるまで待った。期待をこめてふたりはたがいに見つめあった。やがてエンザが肩をすくめ、立ち去ろうとして向きを変えた。

彼女が気がつくと、アンブッシュ・サトーは完全に姿を消していた。

2

ペリー・ローダンが娘のキャビンに足を踏み入れると、エイレーネはコヴァル・インガードといっしょにテーブルにすわり、話し合っていた。エイレーネは跳びあがると、急いで父親のところに向かう。両腕で父親を抱きしめ、すこしのあいだ胸に顔を沈めた。父親の温もりを感じとり、それからかれを見あげた。

「ハロー、パパ」彼女は挨拶した。「こんな時刻に、わたしのためによけいな時間をさいてくれるなんて」

ローダンは優しくほほ笑んだ。「どんな父親でも、娘が望んでいるときはいつでも時間をつくるものだろう？　不意打ちは成功したようだな！」

かれは娘の肩をたたき、ブガクリスの男に注意を向けた。

コヴァル・インガードのほうも立ちあがった。テラニア山に住む山の民〝テラの子供たち〟の一員だったその若い男は、最長老であるネーサンによって〝前兆の印〟を、すなわち赤と青のシンボルと記号を、背中に刺青するための〝選ばれし者〟だった。コヴァルは身長一メートル六十二センチ。つまり、五千年紀の人間にしてはかなり小柄だった。銀色の髪は肩までとどき、上着、ズボン、長靴と同じ素材でできたヘアバンドでまとめられていた。その素材は岩石のようなグレイのドラゴンの革である。その惑星に、かつて《バジス》から脱出したテーベ級搭載船がハウリ艦隊の攻撃を受けて不時着した。コヴァルは、ローダンとその仲間たちを《バジス》の副長サンドラ・ブゲアクリスが遺した『ログ』へと導き、それによって小船団のメンバーたちは、《バジス》の運命についての過去の知識を得、わずかながらその乗員たちの行方を知ったのだ。

　ローダンはこの男に近づき、握手した。コヴァルの握手はかたく、意志の強さがうかがえた。《バジス》乗員の末裔たちは嵐の世界で苦労し、生きのこるために絶えまなく戦った。取り残されたかれらは、自分たちの起源と過去を、いくつかの伝説と断片的な伝統のなかでしか覚えていなかった。宙航士たちの語る物語を、かれらは頬を染めながら聞き入っていた。コヴァルは自分の故郷世界を去って、かれらの旅にくわわる決心をしたのだ。かれはいまではすっかり慣れてはきたが、乗員用の軽装コンビネーションをかれに着用させることは、だれにもできなかった。かれは自分の部族と故郷の山々とを結びつける狩猟服を着ていた。故郷とどれくらいはなれているのかについては、具体的に想像することはできなかった。いずれにせよ、かれはエイレーネとの絶え間ない接触をとおして多くのことを知るようになった。たとえば、〝テラニア〟が地球の首都であり、〝ネーサン〟が月のハイパー・インポトロン脳であることなど。かれはすでに惑星オリンプのことや、そして太陽系の八つの惑星のことも聞いていた。エイレーネはかれに多くの映像を見せ、過去についてもすこし話をした。その場合、ＮＧＺ四〇〇年から四四八年までに集中した。あまりことこまかに多くの情報をあたえても、コヴァルが混乱するだけだというのが、父親からの助言だった。このブガクリスの〝蛮人〟が物事を見失うことなく、むしろ船の乗員たちがかつて想定していた状況にゆっくりと順応していくべきだと考えたからだ。

「よくきてくれましたね、ペリー・ローダン」インガードは暗い声でいった。「聞くところによると、また銀河系から遠ざかっているようですね」

　ペリーはうなずいた。「バリアの周囲をまわっているのだ、コヴァル。再度、あえてクロノパルス壁に突入することはしない。われわれは銀河系を避けて通り、できるかぎりひそかに行動する必要がある。そして、同盟者をさがすのだ」

「あなたがたのめば、〝テラの子供たち〟は助けてくれます」コヴァル・インガードはつぶやいた。「もし望むなら、船を送ってかれらを連れてくることができるはずだ！」

　ローダンはかぶりを振った。提案は理解したが、かれはブガクリスの人々と知り合いになっていた。かれらに故郷を失わせたくなかったのだ。この観点からすると、コヴァルは例外だった。かれは以前、すでに一度、カルタン人の奴隷船に乗って旅をしたことがあったから。

「ほかの助っ人を探そう。われわれは高い技術水準をもつ宇宙航行者の援助を必要としている！」

かれは椅子のひとつに腰かけ、娘をじっと見つめた。

「あなたなら、それがわかるでしょう、コヴァル！」エイレーネは乞うようにかれを見た。「〝殺し屋陛下〟との戦いは、とてもきびしいものだったわ。でも、われわれは亡霊と戦っているの。あるいは、すくなくとも戦おうとしているのよ。あなたの種族と《バジス》のほかの子孫たちは、残念だけどあまり助けにはならないのよ！」

「わたしも助けにはならないようだ！」インガードはからだを伸ばし、両手を組み合わせた。「わかっている。ほんとうによくわかった」かれは急ぎ足でドアまで行った。

エイレーネはその前に立ちふさがった。「あなたはなにひとつわかっていない。あなたはこの船で、ぜんぜんじゃまになっていないわ。まちがったことを信じこまないで。あとで、トレーニングルームまでいっしょにいきましょう。承知した？」

「承知した！」

かれはドアをあけ、急いで外にでた。エイレーネは思いに沈みながらしばらくかれを目で追っていたが、振り返ると父親のもとにいそいだ。彼女は椅子の肘かけのところに腰をおろすと、ローダンを見つめた。

「なにを考えているかわかるわ」彼女はいった。「母のことを考えているのね！」

「そうだ」ローダンはささやいた。「わたしがタルカン宇宙で留守にしていたとき以上に、彼女がいなくて寂しい。彼女が姿を消した状況はあまりにも謎めいていて、説明不能だったので、わたしは何度も何度も自分に問いかけたものだ。彼女は誘拐されたのではないか、と。いまこの危険な時代に、この疑問が何度も頭をよぎるんだよ。そして、ポルレイターは……」

「わかるわ。パパはM‐3の訪問に、ふたつの意図を結びつけている。ポルレイターがわたしたちを助けてくれると本気で思っているの？　おやまあ、そうだといいのだけど。どれほど母さんに逢いたいことか。彼女といっしょにサバルですごしたわたしの人生でもっともすばらしかった歳月を、わたしはけっして忘れないわ。おぼえているかしら？　よくいっしょに冗談をいい合っていたわね」

　ローダンの視線がくもった。かれは壁を凝視し、果てしない遠方と虚無を見つめていた。

「あのころは、そうだったな」かれは小声でいった。当時、ジェフリー・アベル・ワリンジャーはまだ生きており、ネットウォーカーはプシオン・ネットのいたるところで活動していた。かれの時間感覚によればそれはほんのすこし前のことだったが、実際にははるか過去の時代だ。

そして、いまは？　警告の声が聞こえた。自分自身が発したものだ。どうしようもない夢に囚《とら》われることなく、実行可能なことに専念しろと。たんにM‐3に飛び、自分が深淵の騎士であるというだけの理由でポルレイターたちに要求するだけではいけない。妻への思いをわきにおいて、本来の目的に、故郷銀河への道を切り開くというほんとうの目的に気持ちを集中させなければならなかった。そのための積極的な助けを、期待していた。

「ポルレイターはいまなにが起きているか、そしてかつてなにが起きたのかを知っているにちがいない」ローダンはつぶやいた。「それとも、かれらはこれらの出来ごとから完全に身を退いたのだろうか？　わたしには信じられない」

「わたしと同じくらい、それが知りたいのね、パパ。M‐3はほんとうに壁の外にあると思っているの？」

「そうであることを祈るばかりだよ、エイレーネ！」

インターカムが作動した。イアン・ロングウィンからだ。ペリーは装置の前に立ち、応答した。

「なにがあった、イアン？」

「ペリー、メタグラヴ航行を中断するようアルファ命令をだしましたか？」

「いや、だれもそんなことはしていない。していれば、わたしは知っていたはずだ。なにが起きたのだ?」

「計画に反して、ハイパー空間から離脱しました。シントロニクスがエラーの原因を追跡していますが、いまだ発見できません」

「命令はどれかの記憶バンクから発されたのではないのか?」

「いいえ、どうやら外部からのようです。しかし、だれが関心をもっているのか、あそこへの飛行に……」

「すぐに司令室に向かう」ローダンはさえぎった。「警報段階レッド、発令。これは未知の敵が仕掛けた罠だと考えるしかない」

*

カドラングという名の怪しげな世界からきたそのブルー族は、これまで一度も自分の年齢について話したことはなかったし、いまもまた話さなかった。しかしながら、かれはしなびた老人よりすばやく動くことはなかった。そして、イアン・ロングウィンはそのようすをきびしい目つきで追っていた。《シマロン》の船長であるかれは、いまがまんの限界に達しようとしていた。なにより腹立たしいのは、グレイの綿毛でおおわれたこいつが、そのうえさらによろめいて両脚をとりちがえ、イアンの職務範囲にあるふたつの操縦席のあいだで転んだことだ。

「こうなったからといって、見当はずれのことを考えないでくださいよ。カノッサの屈辱みたいに平身低頭してるわけじゃないんだから」と、きしり声をあげた。かれはフルネームであるカドラングのヴェエ・ユィイ・リィと呼ばれることを好んでいた。身長一メートル九十八センチでシンバン宙域の惑星カドラング出身のブルー族は、船内では周知のインテリで、テラニアの古代の歴史に傾倒していた。たいていの天才がそうであるように、かれはときどき、すこしぎごちなく不器用な印象をあたえる。そして超音波すれすれの警報は、かれをすっかり混乱させた。

「まさしく死と悪魔の礼拝だな！」ロングウィンは堪えきれず口を開いた。「きみは命令を受けている。そろそろ実行したらどうなんだ？」

「すでにおこなっていますよ、チーフ。先祖のすべての生物にかけて、こいつがなんなのかわからないように見えますか？」

　いくつもある領域探知機から報告が入っていた。この銀河ハロー領域には《シマロン》一隻しかいない、と。近くにほかの船はいない、また、敵に似た亡霊のような映像も確認されていない。それでも、船長は注意をおこたらなかった。《シマロン》は五層のパラトロン・バリアでおおわれており、すべての防衛システムは活性化していた。

「カドラングのヴェエ・ユィイ・リィ、もう、ちゃんとしてよ！」ラランド・ミシュコムも警告した。「システム検査の結果はどうだったの？」

　船の首席技師はようやく肘かけをつかんで身を起こし、シートにすわりこんだ。かれは苦もなく、配下にある全部の局に連絡をとった。かれは軽く頭をたれ、入ってくる報告に耳をかたむけた。明確な情報は得られなかったが、ひとつわかったことがあった。命令インパルスがもし船内から発せられたものだとしたら、それは船尾方向からきたにちがいないということだ。そこにはシントロニクスの記憶バンクはなく、インターカム、学術的データバンクなどの副次的な記憶装置、そして補充交換部品の保管庫などしかない。すべてが、まったくもって奇妙だった。そしてブルー族はその皿状の頭を揺り動かし、前方にある両目で船長を見やった。

「クロノフォシルは不安要素がわたしの範囲内にはないことを証明しています」かれは要約して述べた。「それでも、どうしてもというなら、もちろん捜索をはじめます！」

「そうしてくれ！」

　ヴェエ・ユィイ・リィは立ちあがり、進んでいった。かれは司令室にもどってきたペリー・ローダンに出会い、反重力シャフトのところでアンブッシュ・サトーに引きとめられた。超現実学者は突然、搬送フィールドから出てきて、かれを指さした。

「あなたを迎えにきました」サトーは明言した。「それでは、行きましょう！」

　ローダンはもの問いたげな視線をサトーに投げたが、かれは軽く肩をすくめただけで、おちついて両手を下げた。ローダンはさしあたって満足し、これまでの出来ごとを見守っていたレジナルド・ブルとネズミ＝ビーバーのほうに向かっていった。

サトーはブルー族とともに反重力シャフトに姿を消し、かれらを下に運ぶよう制御装置に伝えた。かれらは船のいちばん下まで行き、技術部のひとつに向かった。そこでかれらはスキャナーとエネルギーを可視光に変えるポータブル・プロジェクターを装備した。ブルー族は技術部の出口にとどまって、身じろぎもせずテラナーをじっと見つめた。

「わたしは心理学者ではないけれど」かれはピーピー鳴くようにいった。「あなたはすでに手がかりを見つけたか、このすべての背後にだれがいるのかを知っているかのようにふるまっていますね」

「もちろん、わたしは知っていますよ」サトーは微笑を浮かべ、それによってブルー族の世界観を根底から揺るがせた。「わたしはただ、かれがそれをどうやってやったのか、ディテールを知りたいだけなんです」

「だれのことを話しているんですか、サトー？」

「ハミラー・チューブのことですよ。ほかにだれがいますか！　さあ、行きましょう、一瞬もむだにしたくない！」

かれらはすぐそばにあるリフトで、三つ上の階まで運ばれ、探索を開始した。サトーはさまざまな送電線の交差点に向かい、おもに修理シャフトを精査した。かれが立ちどまるたびに、ヴェエ・ユィイ・リィはスキャナーとプロジェクターを作動させ、サトーは数値をくわしく見たあと、軽蔑するようなうなり声をあげた。かれらはこの調子で船内をあちこち動きまわり、半時間後には警報段階レッドは解除されたとの報せがとどいた。船は中断されていた飛行をつづけた。

「これはチャンスです」超現実学者は嘆息した。「たった一度試しただけで終わるつもりはないでしょう。いいですか、われわれは対探知システムを入手したほうがいい！」

かれらは装備部門と連絡をとり、五分後、手首からかけられる小箱をふたつ手に入れた。かれらはスイッチを入れ、生物にもコンピュータにも盗み聞きされずに会話できるようになった。かれらは進みつづけた。

中断された航程ののこりは、なにごともなく過ぎていった。短い位置確認作業、座標の正確な評価、コースの再設定のあと、《シマロン》は二回目のメタグラヴ航行を開始した。船はふたたびハイパー空間のなかに消えていった。

五分とたたないうちに、それは起きた。

推進装置部門が故障を報告してきた。エネルギーの流れが正しく機能しなくなったという。どこかで中断されていた。アンブッシュ・サトーがシントロニクスとの無線リンクを使用してその正確な位置を特定するのに十秒とかからなかった。テラナーとブルー族は大急ぎで進んでいった。歩くというより走っていた。かれらは走りながら船の中央にある司令室からたえず報告を受けていた。

最初の報告から四十秒後に、八つのシントロニクスの結合体がグリゴロフ・プロジェクターとエネルギー流入部のスイッチを自動的に切った。グリゴロフ・フィールドは消え、《シマロン》は計画に反してふたたび通常空間へと離脱し、そしてその現在位置を確保した。

エネルギーの流れの局所的な断絶はいまだ存在していた。ふたりが目的の場所に行き着くまでに、階をふたつ移動し、通廊をかなりの距離進んでいく必要があった。ようやく配電器のある船尾通廊が見えてきた。そしてふたりは、ロボットが配電盤のカバーのひとつをあけ、配電盤の下の部分にもぐりこんでいるのを見つけた。

アンブッシュ・サトーは背後からそっと近づき、機械の下から出ている細い金属管の脚を蹴りだそうとした。だがうまくいかなかった。足蹴《あしげ》りしたはずみで足の甲を骨折しなかったのは奇蹟だった。かれは押し殺した声でののしり、それから、すばやくロボットのバックパネルをあけた。かれは停止センサーを作動させ、ロボットが開口部からみずからを押しだしてきて基本姿勢をとったあとでフリーズしたのを満足そうに見ていた。

「これでいい」サトーはつぶやいた。「そんなふうにいつも直立不動でいなさい！」

ブルー族は口を大きくあけてかれを凝視していた。テラナーはケースを指さした。

「このロボットがなにをしていたのかを調べてください。わたしはそのあいだに、プログラムがどうなっているか見てみます」かれはロボットの背後に姿を消し、ヴェエ・ユィイ・リィは慎重に配電盤の下の隙間に入っていった。

サトーはスキャナーのボタンのひとつをとって、ロボットに接続した。計測値は無線を介してシントロニクスに直接送信した。この計測値は時間をむだにすることなくただちに分析された。その結果、ロボットには追加のプログラムが二次記憶にほどこされていることがわかった。それが優先的にエンコードされて、人工的なエネルギーブリッジを介して一次記憶にアクセスできるようになっていたのだ。ブリッジはつねに同一の強さで存在したわけではなかった。それは強力なエネルギーチャージと組み合わせられた無線パルスによってのみ作成される。ロボットの該当セクションでは、設計で許容されるよりも過負荷の電圧がかかっていた。

「言語道断です！」サトーは不敵な笑みを浮かべた。「ハミラーはこのロボットがいつか過充電のために破損することをよく知っていたはず。記憶装置が燃えつきるか爆発するか、そのいずれかで！」

自分の断言がロボットの近くにいる生物にあたえる影響のことなど、かれはまったく考えていなかった。いまかれは、ハミラーがどのようにしてそれを実行したのか知ったのだ。チューブの創意工夫と先見性、さまざまな手段と方法を同時に使用して船の制御に介入し、さきほど自分が要求し拒否されたことを実行しようとしたそのやりかたに感嘆していた。

サトーはもっとも賢明なことをした。かれはロボットの記憶装置をすべて消去し、バッテリーも切った。そうすることで、ハミラーがもう一度ロボットを制御する機会をすべて奪ったのだ。かれは隙間に入りこんでいるブルー族のそばに立ち、自分が司令室に報告したことを知らせた。

「了解。部品を手に入れたよ。フランジで固定されている。ポイントへのエネルギーブリッジだ。いま、スイッチを見つけた」ヴェエは口笛を吹いた。その直後、かれは長い背をそらし、あおむけで隙間からでてきた。かれはそのちいさい金属部品をテラナーにさしだした。ロボットがとりつけ、どうやらまたとりはずすはずだったものだ。

「よかった」アンブッシュ・サトーは両手をこすり合わせた。「わたしたちがあとを追っていることをあいつはすでに知っています。目標を達成するためにはあらゆることを試みるでしょう。でも、わたしたちがかれのシステムを解明したことはまったく知りません」

「どんなシステムなんだ、サトー」

「カドラングのブルー族よ、それがまだわからないのなら、あとでお教えします。さあ、いきましょう。ハミラーに操作されているロボットはまだほかにもいるはず!」

「操作されている?」

「あるいは細工をほどこされたか。もしあなたがそう呼びたければ」

＊

通常ならば、フェニックス＝1からM－3までの針路は故郷銀河を横ぎるものだった。その場合、船は約六万六千八百光年の距離を移動したことになる。しかし、故郷銀河全体が狂気のバリアでつつまれているので、《シマロン》は銀河主平面の下の領域から、主平面の上の領域に到達するのに、西側全体を迂回していかなければならなかった。この状況から、航行距離は倍になり、正確には十三万五千光年に達する。主平面に沿っての飛行は相当なリスクと結びついていた。なぜなら、《ラクリマルム》の学者たちのモデル以外には、狂気のバリアの正確な性質について情報がまだなにもなかったからだ。この理由から、船はごく短い航程を何度もくり返し、バリアから明確な安全距離を守るようにつとめていた。通常空間での位置確認は、通常の航行の場合よりも長くかかり、通常空間に復帰するたびに、あらたな測定がおこなわれ、コースが再設定された。《シマロン》はすべての球状星団および種族Ⅱの個々の星からはなれたまま、可能なかぎり用心深く動いた。《シマロン》は大量生産されなかった最新型船のプロトタイプといわれてきたが、はたしてほんとうにそうだったのか。銀河系内での発展については、まだなにも知られていなかった。

位置確認をおこなっている段階で、船はできるかぎりの探査をおこなっていた。敵の船だけでなく、テラナーやギャラクティカーの艦船の兆候もふくめ、可能なかぎりあらゆるものを。コズミック・バザールがまだ存在していたとしたら、故郷銀河の外でも活動していただろうか？

　二回めのメタグラヴ航行は終了し、突発的な出来ごともなく、三回めも問題はなかった。《シマロン》は位置を測定し、慎重に探査をおこなった。パッシヴ探知は最高のパフォーマンスで動作し、直径百光年のセクター内で発生した通常およびハイパー空間のすべてを記録した。

　そこには、なにもなく、無線ビーコンの位置や残留エネルギーをしめすものはなにひとつなかった。銀河ハロー内にあった多くの中継ステーションももう存在していないか、またはスイッチが切られていた。故郷銀河のふち近辺にあったステーションからも、超高周波のニュース放送は入ってこなかった。ラランド・ミシュコムははき古したズボンの上に垂らした汚れたシャツのふくらんだポケットに、いらだたしげに手をさしこんだ。

「すべて、活動停止しています」彼女は断言した。

　司令室にいるだれひとり答えなかった。それを新情報だとはだれも思っていなかったから。故郷銀河を封鎖している壁は、銀河系船団の乗員にたいして、ここにあるものが当時と同じであると信じることを許さなかった。

　わずかなゆれが司令室にはしった。イアン・ロングウィンは操縦席にすわったまま、ぎょっとした。すばやく周囲を見まわす。かれはふるえる指で船内検査システムのスイッチを切り替えた。ゆれはゆっくりとおさまった。計器はそれが船の左舷外側で発生したものであることを示していた。ふたたび船はゆれはじめた。五層のパラトロン・バリアもそれをとめることはできなかった。

「狂気のバリアのやつめ、地獄に落ちればいい」船長はつぶやいた。「ペリー、われわれは壁に接近しすぎているようです！」

ローダンは心のなかで耳をすませ、そのあと、ネズミ＝ビーバーのほうに疑わしげな視線を送った。グッキーは無言のまま首を横に振った。

「そんなはずはない、イアン！」レジナルド・ブルはいまも送られてくるシントロニクス結合体の数値をさししめした。「われわれは充分遠くはなれている。なにかほかの現象にちがいない！」

ブリーはほかにもなにかいおうとしたが、そのとき、けたたましく警報が鳴った。それと同時に、船はさらに大きく振動した。どこかで金属部分が音をたて、安全ベルトが所定の位置に固定された。スーツのヘルメットが自動的に閉まる。ただラランド・ミシュコムだけは普段着でそこにすわり、唇を噛みしめていた。

「すまない」ロングウィンは閉じた歯のあいだからはきだすようにいった。「いまなにかあっても、わたしにはどうしようもない！」

船の各部門から安全報告が入ってきた。シントロニクス結合体は、ふたりの人物だけが報告してこなかったと伝えた。アンブッシュ・サトーとヴェエ・ユィイ・リィだ。

　ロングウィンはふたりを探そうと思ったが、ペリーがそれをとめた。かれはスクリーンをさししめした。前方から細い線があらわれ、船のすぐ近くを通過した。その衝撃で《シマロン》はコースをはずれた。エンジンがうなりを上げて船を安定させ、コースをもとにもどそうとした。船がふたたび揺れ、さらに立てつづけに三回揺れるとすべてが終わったように見えた。

　イアン・ロングウィンは、ペリー・ローダンが突然シートの右の肘かけをまわし、シントロニクス結合体にインプットするようすを目のすみで見守った。火器管制ステーションは準備完了をつげた。船首中央部ではエネルギー・フィールドが目覚め、プロジェクターに供給された。プロジェクターは起動中で、二十秒以内に動作温度に達する。

　ロングウィンはからだをこわばらせた。ローダン自身が指揮を執っている。これはべつにめずらしいことではない。異例なのは、かれがヴァーチャル・ビルダーを起動させたことだ。この装置は宇宙船の機械類や器具類から出るエネルギー・インパルスをすべて集めて完全な宇宙船の映像をつくりだし、それを最大三光秒の距離に投影する。そしてローダンは、今回二・七光秒の値《あた》いを選んだ。この距離に《シマロン》のヴァーチャル映像が出現するのだ。そして同時にほんものがだすインパルスを隠蔽《いんぺい》し、偽物のほうを最大十倍にまで増幅する。このシステムはまだ不十分であるが、それでも、過去の出動では、満足すべき結果をあげていた。

　探知シントロニクスから報告が入った。

「現象の付随現象が判定されました」シントロニクスは説明した。「重力領域でずれが生じました。なにかが現在の重力比率を変えたのです。そのせいで感知できました。《シマロン》が事象の軌跡に影響をあたえたため、顕著になったと思われます」

「その〝事象の軌跡〟は、なにが原因なのだ？」ロングウィンは知りたがった。かれは目を細めて、探知シントロニクスがさらなる経過または現象を伝えるのを待っていた。

「原因は不明です。ただし、自然の物理現象は除外できます！」

　右舷の二・七光秒の位置を、《シマロン》のヴァーチャル映像が進んでいく。船はまったく同じコースを航行していたが、投影距離を変えることによって、方向と速度を一定の範囲内で変えることができた。

「イアン、船の軌道について話し合ったほうがいいかもしれん。〝事象の軌跡〟のことじゃない」レジナルド・ブルが前方を指さした。「すでにあそこにある。見えるか？」

「気をつけろ！」ローダンは叫んだ。かれはいくつかの命令をシントロニクスにあたえたが、あとは追跡することだけを考えていた。

　どこからともなくなにかがあらわれた。探知機では完全に捕捉できない。サトラング近くにいた亡霊のような船と同じように、ここでも、それは、はっきりとした輪郭をもたないエネルギー性のまぼろしにすぎなかった。幻影のようなものが司令室を駆け抜けた。その卓越した技術を使って、航行経路の近くに異物があることを検知し、通常空間にもぐりこんだのだ。そしていま、ヴァーチャル映像に向かってはしり去った。

　ローダンは満足げに唇を結び、《シマロン》に航行をつづけるよう指示した。ハイパー空間に入れば、ヴァーチャル・ビルダーは自動的にオフになるはず。遅くともその時点で、敵はいいように引きまわされていたことを悟るにちがいない。

「十二秒後にスタート」乗員たちの頭上のどこかにシントロニクスが射影した目に見えない音響フィールドから、声が告げた。ほぼ同時に、最初の声とはわずかに異なる第二の声が響いた。

「船尾から妨害インパルス。注意！　エンジン・セクターが不適切なインパルスによって妨害されている。飛行フィールドの構築不能。エネルギーの流れが不均一。グラヴィトラフ貯蔵庫遮断！」

　ローダンは急に振り向いた。

「グッキー！」かれの唇が述べていた。「サトーはどこだ？」

　ネズミ＝ビーバーはすぐさまシートから姿を消した。

「戦闘準備よし！」そういったとき、テラナーの声はしわがれ、かすれていた。その間に亡霊船はヴァーチャル映像への航行を中断し、コースを変更していた。亡霊船は弧を描いたが、その弧の終端には明らかに《シマロン》があった。ローダンはこの遭遇をなんとか回避しようとした。自分と乗員を安全な場所にうつすために、なんとしても船をハイパー空間に導きたかった。そしていま、どうやってこの出来ごとから逃れるべきかとほうにくれていた。

　ローダンはヴァーチャル・ビルダーのスイッチを切り、ふたたび船の正面に再構築する。今回は比率が逆転するようにエネルギー値を変更した。《シマロン》は今回、ヴァーチャル映像よりも十倍高い値いになった。

　事実、得《え》体《たい》のしれない敵はいらだった。これが二度めだ。敵はオリジナルと考えた船を、最大距離に達するまで追跡した。

「サトー、サトー」ローダンはいった。いまなんらかの変化が生じなければ、かれはもはやなにも保証することができないのだ。

　責めさいなまれるように辛い何秒かが過ぎた。投影されたヴァーチャル映像はいまだに《シマロン》からおよそ三光秒の距離にあり、亡霊船は、そのそばをすれすれに通りすぎていった。ローダンは最後まで待ったのち、ヴァーチャル・ビルダーのスイッチを切った。

　これで《シマロン》は、トリックのネタを使い切り、武力で対決する準備をととのえた。同時に、メタグラヴ・エンジンがフルパワーで駆動しはじめた。ゆっくりとメタグラヴ・ヴォーテックスが構築され、ハイパー空間への移行に必要なエネルギーがあたえられた。今回は、推進システムに妨害は入らなかった。

　ふたたび、亡霊が探知スクリーンの上に姿をあらわした。今回は、以前より強烈だった。空間のまんなかにグリーンに光る球が出現し、画面が破裂しそうになる。一瞬ののち、すべては不可解な闇に包まれた。

*

　ヴェエ・ユィイ・リィはまったく突然、目の前にネズミ＝ビーバーがあらわれたことに死ぬほど驚いた。

「サトーはどこにかくれてんの？」ビーバーは甲高い声でいった。ブルー族はハッチをさししめした。

　グッキーは金属ごしにテレポーテーションし、大きな音をたてて咳ばらいした。アンブッシュ・サトーは、かれが停止させた三体のロボットの背後に立っていた。かれは満足げな表情を浮かべて、ロボットのうしろからあらわれた。

「すべてかたづきました」かれはまるでその姿が見えないかのようにグッキーを見ながらそういった。「わかるでしょう、おちびさん。安全報告をしているひまなどなかったのですよ。すべての詳細を知る必要があったんです。ハミラー・チューブのアプローチのしかたによって、かれの状態についてを逆推理しなければならなかったのでね」

「つまりハミラーのしわざってわけか」グッキーはののしった。「あいつがエネルギーの流れを妨害したんだね。船が動かないんだよ。亡霊船が攻撃してきてるっていうのに。もしメタグラヴ・エンジンがすぐに動かなかったら、もうハミラーのことを心配する必要はなくなるよ！」

　サトーは思いがけず、すばやく反応した。かれはハッチに飛びかかり、急に開いた。かれはヴェエのベルトから小型の分子破壊銃を引き抜くと、ネズミ＝ビーバーに手を差しのべた。

「ホールの横の通廊、第三格納庫のすぐそばです」かれはいった。「急いで！」

　その言葉が完全に消え去らないうちに、かれらは非実体化した。側通廊から三十メートルの位置で姿をあらわす。

　サトーはすぐさま、着物の許すかぎり全力で疾走した。かれは着物をスカートのようにすこしたくしあげ、脚がもっと自由になるようにした。かれは急停止して壁にぶつかりながらもハッチを引きあけ、ロボットたちによって敷設された配線に分子破壊銃を向けた。コンピュータ制御された機械の精密さで、ビームは被覆材と金属の糸を貫通した。背後のどこからか、轟音《ごうおん》とぱちぱちいう音が耳に響いてきた。かれはそれにはなんの注意もはらわなかった。息をとめながら破壊の仕事を終え、青い煙が噴出するハッチから出ながらかれは咳きこんだ。あたりを見まわしたが、グッキーはもういない。イルトは数秒後、まがり角にあらわれた。

「このあと、ほかのロボットたちの面倒を見るつもりなんだろ」グッキーはかれに向かって大声でいった。「だけどいまこの瞬間、もっと大きい問題があるんだ！」

「わかっています！」サトーは動きだした。かれはすでに轟音とぱちぱちいう音のあいだから、とぎれとぎれの言葉をときどき聞きとっていたのだ。かれは着物の下から分子破壊銃をとりだし、威厳の化身のようなようすで、グッキーのほうへ歩いていった。ネズミ＝ビーバーは一本牙《きば》を見せ、ちいさな両手を合わせて拍手した。

「司令室では、いまみんな、ほっとしておっきなため息をついてたよ」かれは報告した。「ハイパー空間への移行が成功して、未知の亡霊船が引き起こした現象から逃げおおせたんだ。こちらの痕跡をくらますことができるといいんだけどね」

アンブッシュ・サトーもそう願っていた。かれには時間が必要だった。頭のおかしいハミラー・チューブのための時間が。

*

「あなたはロボット三原則を破りました。それによって、欠陥だらけの制御装置であることが立証されました。あなたはかれらの〝家《ホーム》〟を分散させることによって、《バジス》の乗員一万二千名を致命的な危険にさらしました。これは避けて通れない事実です、ハミラー。そして、ほんの数分前、自分自身の存在もふくめて、《シマロン》の全乗員を破滅のふちに追いやりました。あなたは航行システムに影響をあたえ、より強力な敵を前にして、まだ間に合ううちに船を安全な場所にうつすことを妨害した。まずそれを認めてください」

　チューブがようやく、しぶしぶながら答えることを承知するまで、すくなくとも半時間が経過した。

「すみませんでした。ただ、最初の非難を認めるわけにはいきません。それについて、わたしはなんの情報ももっていないからです。いましがた終わった出来ごとに関しては、申しわけありません。わたしには、危険な敵の接近を感知する方法がなかったのです」

　アンブッシュ・サトーは部屋のまんなかにいた。となりにはグッキーが立っている。ペリー・ローダンとレジナルド・ブルといっしょにやってきたのだ。このふたりの不死者はささやき声で話し合っていた。サトーは自分が見つけだしたことを、かれらに知らせておいたのだ。

「きみは船の指揮権を得ようと試みた」ローダンはいい切った。「われわれは、きみがここに設置されて以来、きみが講じてきたすべての措置について正確に知っている、ハミラー。自分の行動がなにを意味するのか、きみは認識しているのか？」

「それは反乱です、ミスタ・ローダン。もしあなたが、この古めかしい表現を認めるのであれば。反乱には、どのような罰がくだされるのですか？」

「銀河系内で適用される法律と、ＬＦＴ船上の執行規定によれば、反乱者は捜査とその後の裁判がおこなわれるまで、予防禁固に処せられる」

「では、わたしは罰せられるのですか？」

「まちがいなく。たとえば、活動停止によって。ハミラー、活動停止になっても、きみの有機脳には悪影響を及ぼさないことはわかっているな？」

「よくわかっています。でも、わたしにスイッチを切るよう命令する権利は、あなたにはあたえられていません」

「ではだれに権利があるのだ？」

「わたし自身だけです。尊大だと思わないでください。でもわたしには、自分のスイッチを切らなくてはならない納得のいく理由が見あたりません。かりに、そんなことが可能だとしても！」

　これはペリー・ローダンがすでに慎重に検討した主張だった。ハミラーはかつて、みずからを活性化させ、外界から独立できるだけの自給自足のエネルギー供給をもっていた。このエネルギー供給量には限界がないように見えた。それゆえ、チューブをこのエネルギーの流れから引きはなすには、どうすればいいのか？

ブリーがなにかをささやくと、ローダンはサトーに合図を送った。超現実学者は周囲に聞かれることなく会話ができる防御バリアを作動させた。

「ハミラーを隔離する。それがもっともかんたんだ」ペリーは説明した。「ロボットがかれのそばに行かないかぎり、危険はない。われわれはこのホールを防御バリアでおおうこともできる」

「そんな必要はないですよ、ペリー」アンブッシュ・サトーはずるがしこそうに目くばせした。「わたしならハミラーの精神的自由を奪おうとはしません。かれにはすこぶるおしゃべりで好意的な時期があります。そんな時期に、われわれを先に進ませるヒントをかれが提供するのを、わたしは期待しているんですよ。これまでの試みはなにひとつ助けになりませんでしたが」

「いいだろう。それでは、ロボットをかれから遠ざけるだけにしよう」

サトーは防御バリアのスイッチを切り、銀色の壁の前まで進んだ。かれはまたたくライトをじっと観察した。

「あなたはわれわれと活発にコミュニケーションしているふりをしていますね」超現実学者は指摘した。「この船全体で、わたしと科学者のほかにはひとりも話し相手を見つけられなくても、驚かないでください。あなたはこれから隔離されるのでね。ですが、ひとりだけいつも話し相手になってくれるものがいるでしょう」

「それはだれなのですか、ミスタ・サトー？」

「〝ホルトの聖櫃〟ですよ、ハミラー。それはかつてあなたの内部にとどまっていました。実際、いまもそれが存在していると想定する必要があります。わたしは正しいですか？」

「あなたはまちがっています。ホルトの聖櫃なんて知りません。思いだしていただきたいのですが、いかなる存在であっても、わたしの内部に侵入するのは不可能なのです。そのことはよくご存じのはず」

「それは、わたしの問いにたいする答えになっていませんよ。あなたの内部には異物がありますか、ハミラー？」

「質問がより論理的になったとはいえません。わたしは回答を拒否します」

アンブッシュ・サトーは両方の不死者のほうを向いた。「どうすることもできないようです。どう思われますか？」

「しばらくのあいだ、ハミラーに安らぎをあたえるしかない」ローダンは認めた。「ほかのことをしても意味がなさそうだ」

「できれば斧をとってきて、こいつをたたき壊したいんですが」レジナルド・ブルがぼやいた。「チューブがひどく損傷してるのは、だれでもわかる。もはや使いものにならない。ここからひっぱりだして、いちばん近い恒星にぶちこむべきです」

「だが、アフィリーによって細胞活性装置が一時的に機能不全におちいったもと大執政官がそんなことをするべきではない」

三人の男たちは幽霊を見るように、壁をじっと見つめた。

「いまいったのはきみか、ハミラー？」ようやくローダンが訊ねた。

「もちろんです。それ以外のだれが？　でも、なにがいいたいのですか？」

「きみはアフィリー時代のことを話している！　それがどういうものだったのか、知っているのか？」

「残念ですが、ミスタ・ローダン、どんなに努力しても、あなたが述べられた言葉を口にした記憶はありません！」

この論理にかんがみて、三人はホールの外にでてこの狂気の箱からはなれた。レジナルド・ブルが怒りで顔を真っ赤にして、「こいつは故郷銀河をとり巻く狂気のバリアよりもっと質《たち》が悪い！」と、叫んだ。

3

《シマロン》は二日二晩かけて、狂気のバリアのはるか外側にある死滅した孤独な星の近くで待機した。そしてようやく責任者たちは、亡霊船を振りはらったことを確信した。かつてテラのパチャカマック造船所で建造された楔《くさび》型船は飛行を続行した。五月二十六日、船は潜行航行で、銀河主平面のふちに達し、さらに上のエリアに移動していった。メタグラヴ航程はより短くなった。そして、イアン・ロングウィンとラランド・ミシュコムは、以前よりも長い休憩をはさみながら、その航程を飛行した。いまなおクロノパルス壁は、かれらの航法計算においてはまだ危険な未知数だった。《ラクリマルム》の科学者たちのモデルがほんとうに正しいのか、例外があるのかそれともないのか、いまだに確実ではなかった。

　五月三十日、ペリー・ローダンは全乗員との話し合いをおこなった。かれは主食堂に最後のひとりが到着するまで辛抱強く待っていた。それには特別の理由があった。話題になっていることについて、全員に正確な情報を知ってもらいたかったのだ。あとになって、自分は知らなかったなどとはだれにもいってほしくない。

「われわれはミッションの危険な部分に近づいている」ペリーは話しはじめた。「われわれには、まだなにもわかっていない。クロノパルス壁に接触し、時間内にそこから脱出できないというリスクは冒したくない。船はその場合にそなえてプログラムされており、ただちに緊急操縦を開始してわれわれを安全に導くようにしてある。だが、もしかしたら運悪く罠にはまってしまうかもしれない。どうか忘れないでほしい。Ｍ‐３と、Ｍ‐１３は、わずか約二万二千光年しかはなれていないことを。そして、Ｍ‐１３は、壁の内側にあるにちがいないということを！」

　最初の静寂が拡がった。この情報はほとんどの乗員たちにとって、まったく新しいものだった。かれらはまず頭のなかで、それを整理しなければならなかった。

「どこからそれを知ったんです？」だれかが叫んだ。「われわれの情報では、そこにはまだ一隻も、われわれの船は行ったことがないそうですが！」

「そのとおりだ。しかし、きみたちは宇宙駅のマークスの発言や二百の太陽の星のグラドの発言を忘れてはならない。かれらはテラナーとアルコン人は死滅したか絶滅したと考えている。Ｍ‐１３は到達不能で、この球状星団はクロノパルス壁の内側にあるという可能性を考慮に入れておかなければならない。いずれそれはたしかめる必要があるがね。もしこの推測が正しければ、Ｍ‐１３全体をとりかこんでいる壁は、故郷銀河をつつむ壁の一種の突起のようなものとも考えられる。それと類似したことが銀河系のハロー部にあるほかの球状星団でもありうると予想しなければならない。とくにM-3の場合は。それゆえ、わたしは出撃に全面的に参加するか、あるいは前もって安全な位置に退避しているかを、めいめいの自由にまかせることにする。退避を決めた者には、二機のスペース＝ジェットならびに五隻の着陸艇のうちの三隻を提供しよう。脱出し、船がもどってくるまで待つことができる。ただし、《シマロン》が破壊された場合には、着陸艇には光速を超える推進力がないため、スペース＝ジェットに固定する必要がある。そのばあいには、故郷銀河から逃げろ」

つづいて投票がおこなわれた。乗員のうち脱出を希望した者はただのひとりもいなかった。かれらはすでにフェニックス＝1を去る前に、かれらを待ち受けているかもしれない危険について承知していたからだ。もしローダンを見捨てたりしたら、かれらにとってそれは臆病あるいは脱走を意味することになっただろう。

《シマロン》はゆっくりと進んでいった。かれらは球状星団の前の危険なゾーンに達し、それぞれ数光分の距離で、前もって送っておいたロボット・ゾンデで探りを入れた。爆発は起こらず、発狂する危険にさらされた乗員もいなかった。最後のふたつのハイパー空間飛行も、なにごともなく乗り越えた。M-3はかれらの目の前でどんどん大きくなり、やがて光学スクリーン全体にひろがった。

《シマロン》が球状星団のはしに到達し、最初の無線メッセージを送ったとき、船のカレンダーはNGZ一一四三年六月四日をしめしていた。

＊

M－3は約五十万の星で構成されている。全光度はソルの十六万倍。中心部の星の密度はソル付近の約千倍ある。そこでの恒星間の距離は平均して八光日。銀河系ハロー部のすべての球状星団と同様に、M－3も、主として、銀河の収縮期時代の種族IIの非常に古い星からなっている。特徴的なのは、赤色巨星と、すくなからぬ数のこと座RR型変光星で、その変動周期は一日未満だった。これと無数の暗黒星雲が、M－3における位置測定をかなり妨害している。だがそれは、《シマロン》にとっては都合がよかった。ここで見知らぬ船たちと衝突することなど重要視していなかったからだ。

スクリーンでは球状星団が明るい光度できらめいていた。乗員たちの目を保護するために自動的に遮光スクリーンが稼働していた。

ローダンは船の指揮権をすでにイアン・ロングウィンに返していた。ロングウィンは《シマロン》をM－3のなかに導いていった。ローダンは二度めの無線メッセージを送ると同時に、以前ここに存在していた可能性のある保護システムのコードを送信した。

巧妙に設置された罠システムにより、ポルレイターの施設にはだれも近づけないようになっていたのだ。

反応は依然としてネガティヴのままだった。NGZ四二五年以降、ほとんどの罠が撤去されたあと、最後の監視システムもスイッチが切られるか、完全に破壊されていた。無線メッセージにも応答がないままだった。おそらく、以前はいかなるメッセージも直接五惑星施設に伝送していた多くの中継機がもはや存在していないのだろう。

不死者はレジナルド・ブルおよびネズミ＝ビーバーとすばやく視線を交わした。それから、イアン・ロングウィンのほうを向いた。

「われわれ、目標に向かって直進するコースをとる」かれは説明した。「もちろん、すべての安全措置に注意をはらいながらだ。不気味な敵が銀河系からポルレイターの聖なるホールまでわれわれを追ってきたとしても、それはさして重要ではない」

《シマロン》は位置確認を実行し、そのあとハイパー空間に姿を消した。船は球状星団の中心にまっすぐ進むのではなく、接線方向に二十光年迂回した。新モラガン・ポルドは球状星団の反対側、その数学的中心から二十四光年はなれたところにあったからだ。

だれも船を追ってこなかった。追跡者も監視者もなかった。ローダンは活動体となった存在たちとできるだけ早く接触するため、目標に最大二航程で到達するよう決心した。

ポルレイターは深淵の騎士の先駆的組織だった。二百二十万年前まではコスモクラートから委託され、ポジティヴで建設的な秩序を大宇宙にもたらすべく戦っていた。その民と後継者の規則と目的は、ケスドシャン・ドームの地下施設のなかにあるモラガン・ポルドの石の憲章にしるされている。長年の活動と明らかな疲労の兆候のあと、ポルレイターはより高い存在形態への切望された一歩を踏み出すことができず、任務に嫌気がさした。かれらは最後の偉大な業績であるフロストルービンを封印したあと、その任務を深淵の騎士に譲った。ポルレイターはコスモクラートによって割りあてられたM-3のかくれ場に引きうつり、新モラガン・ポルドを設立した。そこでかれらは運命の実験を開始し、その結果、最後の七万人がさまざまな世界で、岩や山や湖そのほか多くの自然物と一体化し、肉体的な存在を放棄して精神体となった。かれらは現実の世界にもどるときのために活動体をつくりだし、安全な場所にかくした。しかし、いつしかポルレイターはこの活動体にもどる能力を失っていた。

　かれらのうちの最後のひとりはペリー・ローダンとその仲間たちが二名のダルゲーテンの助けを得て長いあいだ準備したのち、はじめて解放された。しかし、ポルレイターはこの時点で、もはや古い倫理に固執せず、運命の実験がはじまったときには倫理の一部はすでに失われていたのだ。かれらは深淵の騎士をかれらの後継者とは認めず、主導権を奪った。そのうえかれらは地球を占拠し、権力を強引にもぎとった。ペリー・ローダンが故郷にもたらしたコスモクラートのリングだけが、ポルレイターに自分たちになにが起こっているのかを気づかせた。ローダンがコスモクラートのリングを見せると、ポルレイターはその威力を認め、カルデクの盾のスイッチを切った。オーラは消滅、かれらは最終的に抵抗をあきらめて、M‐3の五惑星施設への撤退を決断する。かれらは将来的にそこにとどまり、だれかがかれらの助けを必要とするときだけ活性化すると約束した。こうしてポルレイターと盟約を交わすにいたり、それはこれまでにただ一度だけ有益であることが証明された。それは、この人工体をもつ存在が、ローダンにデヴォレーターを譲渡し、その助けによってエレメントの支配者に打ち勝つことができたときだ。

　今回ペリー・ローダンは、かつて活動していた深淵の騎士として昔の知識を引きだし、可能なかぎり故郷銀河に突き進む道を見つけ、すべての局部銀河群が恐れおののいている敵の正体を突きとめるために、ふたたびやってきた。

　最終航程が完了し、《シマロン》は星系のはしで通常空間に復帰した。位置確認作業では算出可能なすべての数値を検証し、記憶バンクにある値いと比較した。

　表面的にはなんの変化もなかった。この星系に近づいた者は、そのあまりの秩序と精密さから、ここでは惑星構造が人工的に操作されているとの思いがただちに湧いてきただろう。赤い巨星はアエルサンという名をもっていた。その五つの惑星は数学的には星の周りをまったく同じ平面上で動いていた。しかし、各惑星のあいだの距離は異なる値いをしめしていた。それはこの世界の大きさ、および軌道速度との関わりで、かれらにとって理想的な回転速度に関係していた。すべての惑星はポルレイターによって形成され、都市化されていた。それぞれの条件や大きさは異なっていたが、同一の人工的な雰囲気と、同一の気温と同一の重力をもつ調整された環境をそなえていた。内側から外側に向かって、惑星の名はシャナド、ユルギル、ズルウト、エツィ、リドンという。

《シマロン》はすでにリドンの軌道をこえ、第四惑星の軌道に近づきつつあるにもかかわらず、依然として無線メッセージへの応答を受信していなかった。ローダンの目標は、第三惑星だった。新モラガン・ポルドは沈黙につつまれていたが、その沈黙は不可解だった。

　ペリーの額には不機嫌をしめすちいさなしわがあらわれたが、第四惑星と第五惑星の詳細な位置測定が完了すると、そのしわはふたたび消えた。

「エネルギー位置の特定は不可能です」シントロニクス結合体が報告した。「惑星はエネルギー的には死んでいます。第三から第一までの惑星も同様です」

「そんなことはありえない！」ローダンは信じたくなかった。だが、地表からの画像はシントロニクスがまちがっていないことをしめしていた。

　リドンにもエツィにも、もはや工場はなかった。生きた文明をしめすものはなにもなかった。軌道上のステーションはもはや存在せず、星系の周囲に非常線を形成していた防御要塞も存在しなかった。放射線の値いが偏向フィールドの可能性を示さなかったことですべてが確定した。人工的に環境をコントロールする軌道衛星すら発見できなかった。

そしてズルウトがますます近づいてくる。この第三惑星こそが星系の主要な世界であり、海も風景もない火星サイズの世界だ。その表面は惑星地下施設をふくめて、融合統一されたスーパーメカニズムだった。

これがそれだった。《シマロン》はズルウトに接近し、大きく減速した。船は通常衛星群が配置されているエリアに到達した。探知装置は地表ではもはやなにも機能していないことをすでに認識していた。地表測定の結果、そこにはもう石ころひとつないことが明らかになった。

ローダンは何度も唾をのみこんでから、あらためて無線装置に歩みよった。

「こちらはペリー・ローダンだ。きみたちは、わたしを知っている。深淵の騎士がきみたちに助けをもとめてやってきたのだ。まだいるのなら知らせてくれ！　ラフサテル＝コロ＝ソス、わたしの声が聞こえるか？　テラのペリー・ローダンが話をしている。どこに着陸すればいいのだ？」

《シマロン》はズルウト上空二万キロメートルの周回軌道に入り、待機した。無線メッセージはたえまなく送られ、惑星の表面は文字どおりその衝撃を受けていた。

応答はない。五惑星施設の世界には、もはやなにも存在していないかのような印象が生じた。ポルレイターさえも。

ローダンは困惑したように仲間をじっと見つめた。

そんなことが可能だったのか？　不気味な敵はすでにここにきていたのか？　敵はポルレイターの文化を破壊してしまったのか？

「ブリー、スペース＝ジェット１の出動準備をととのえてくれ」かれはかすれ声でいった。「下でなにが起きているのかを知りたい！」

＊

惑星の表面全体にひろがる巨大なスイッチメカニズムは瓦礫《がれき》と化していた。動物も植物もなく、暗い青色と暗いグリーンに鈍く輝いているだけの無数の盆地にはなんの痕跡ものこっていなかった。瓦礫とひび割れた岩がすべてをおおっていた。惑星の表面全体がことごとく破壊されており、建物はひとつものこっていなかった。なにものかが慎重かつ入念にこうしたかのような印象をあたえた。

だが、なんのために？　ローダンは自問した。スペース＝ジェットは地表に近づき、異なる形状の金属部品で構成された人工の山の尾根に向かった。その尾根は長さ二キロメートル、厚さ一キロメートルにおよぶこともあった。尾根の直前、瓦礫のあいだに深い裂け目がある。ローダンはレジナルド・ブルにこの裂け目をめざすように、できれば、その底まで行くようにと指示をあたえた。ジェットは暗闇のなかへと高度を下げ、エンジンの振動が地滑りを引き起こさせた。巨大な破片が支えを失って壁が崩壊し、もしブリーが加速レバーを前方に押し、命知らずの方向転換をして機体を地表へともどしていなかったら、ジェットは防御バリアがあったとしても埋まってしまったかもしれない。かれらの下で、地表をまっぷたつに割るかと思えるような轟音と雷鳴が轟《とどろ》き、金属を大量にふくんだ巨大な雲が裂け目から噴出し、四方八方に拡がっていった。

惑星表面の破壊は、二、三年前にはじまったことではなかった。ここでもまた、おそらく数百年前からであったことはまちがいない。

スペース＝ジェットの乗員は言葉もなく見つめ合った。ブリーはいらだった牡牛のように頭を横に振った。グッキーは目を閉じたまま、依然としてポルレイターのインパルスを探っていた。ラランド・ミシュコムはいつものアフリカの格言をふるまうのを避けた。この状況ではまさしく不適切だったにちがいない。アンブッシュ・サトーは胸の前で両腕を組んでいた。かれは例外的に着物ではなくセラン防護服を着ていた。

ローダンだけがちいさくつぶやいた。

「ポルレイターはこれによって、なにがいいたいのだろう？」かれは自問した。「まず、この破壊はかれら自身の責任だという前提からはじめよう。かれらは、もはや騎士の到着を重要視しておらず、そのためにみずからの権力の可能性を破壊してしまったための行動なのか？」

「たぶんぜったいわかんないんじゃないかな」グッキーが答えた。「ペリーのいうとおりだと思うよ。ポルレイターはそのテクノロジーのおかげで攻撃者から身を守れたんだ。どうしてそうしなかったのかな？　地表をよく見てごらんよ。戦いの痕跡が認められるかい？」

　これまでのところ、機内からは戦闘や攻撃があったと結論づける痕跡を目にすることができなかった。スペース＝ジェットが地表を飛行する時間が長くなるほど、それをはっきりと意識するようになった。なにもかも破壊されていた。それなのに他者の痕跡はなかった。まるで、怒り狂った巨人がひとりですべてを踏みつぶし、両手で引き裂いたかのようだった。

　かれらは赤道と平行して惑星の上空を何度も飛び、そのあと数回、両方の極地の上を飛んだ。しまいにグッキーはかぶりを振った。

「疑う余地はないね」かれはきっぱりといった。「ここにはだれもいないよ。もうポルレイターはいないみたい。生き物がいた形跡さえないんだもの」

　ローダンはそれを恐れていたのだ。かれはほかの四つの惑星もヒントになるものはなにもしめされないのではないかと予想していた。M‐3への航行は失敗に終わった。

「帰ろう」不死者は力なくいった。

ブリーは操縦席から振り向いた。

「まだタオルを投げこまないでくださいよ。ポルレイターがあっさり消え去るわけがない。ちょっと待って。イアンが連絡してきました。かれがそんなことをするのは、なにか大事なことがあるときだけですからね。はい、聞こえてるぞ、どうした？」

「もっとも外側の惑星の方角から、奇妙な信号が連続して入ってきました」と、ロングウィン。「評価も分析も不可能です。すくなくとも、手がかりにはなりそうですよ！」

「ありがとう！」ブリーは大声でいった。「きみは天使だ！」

ブリーは制御コンソールの上に身をかがめ、スペース＝ジェットを上昇させた。できるだけ早く《シマロン》に帰るのは、自明のことだった。かれに反対する者はひとりもいなかった。しばらくしてグッキーが口笛を吹いた。「われらがおでぶさんは、良き預言者だよね。わかるかい、ブリー？　ぼかあ、いつかきみに勲章を授けるよう提案する！」

「凶悪なネズミ＝ビーバーのテレキネシス攻撃を防ぐプロテクターならぜひほしいな」

それがブリーの要求だった。「それ以外は、勲章なんてくそ食らえだ！」

4

《シマロン》がもっとも外側の惑星に二百万キロメートルまで近づいたとき、連続したシグナルはとまった。ペリー・ローダンはただちに無線で呼びかけ、あらためて自分の名前を名乗ったが、未知の送り手は二度と応答しなかった。テラナーは深淵の騎士の身分を利用することをあきらめた。かれはすばやく決心し、無線機のスイッチを切った。無意味だった。かれらを惑星リドンに誘ったのがなにものであれ、直接的な接触は望んでいなかった。このようなふるまいかたは信号の送り手がポルレイターであることを示《し》唆《さ》していた。だがほんとうにそうなのかは、エビに似た活動体に入ったこの生物と出会ったときに、はじめて確実になるのかもしれない。

　ズルウトとリドンのあいだの距離が数万キロメートルあることを考えると、リドンのどこから信号が送られてきたのか正確に特定するのはむずかしかった。だが《シマロン》は、惑星の側面を第三惑星に向けて固定し、自転速度を考慮して追跡していたのでその位置を見失うことはなく、第三惑星に到達した時点で数学的に算定することができた。

リドンはほかの惑星と同様の姿をしていた。地表は廃墟と化しており、一瞥《いちべつ》しただけで、ここで強大な文明が滅亡したと思わざるをえなかった。二千九名のポルレイターがその背後にひそんでいただけだとは、部外者には予想もつかなかった。ここに施設が建設された当時、かつての監視人であった種族は、基本的により多くの住民で構成されていたからだ。

ローダンは安全の理由から、まず上陸グループをひとつだけ送り出すことに決めた。かれが先導し、同伴者としてグッキーとアンブッシュ・サトーを選んだ。かれはレジナルド・ブルの顔を見たとき態度を軟化させ、出動グループに四人めをくわえることにした。かれらは《シマロン》の船尾まで行き、着陸艇のひとつに乗りこんだ。自動装置が艇をカタパルトで軌道に射出し、ペリーはいちばんはじめの友に向かってうなずいた。

「自分の仕事をちゃんとしろよ。むだにきみを連れてきたわけじゃないんだから！」かれは警告した。

ブリーはため息をつきながら、アンブッシュ・サトーと座席を交換し、着陸艇の操縦に心を配った。かれはエンジンに点火し、方向転換の準備に入った。火球に似た物体が、リドンの表面に向かってゆっくりと沈んでいく。

「この着陸艇を〝希望〟と名づけましょう」小太りのテラナーが明言した。「われわれが旅行カバンで運んでいけるのは、それだけですからね。そもそもなぜわれわれは確信しているんでしょう、罠に向かって飛んでいるのではないと？」

「そうなのか？」アンブッシュ・サトーのかすかな微笑は、ブリーを狼狽《ろうばい》させた。かれは肩をすくめた。

「そうじゃないのですか？」サトーが訊き返した。

「どっちでもないよ、あったりまえだろ！」グッキーが一本牙をむきだし、専用のセランの首のまわりと尻尾の部分をいじりまわした。「ともかく待つんだよ。いまんとこ、ぼくらが死ぬ気配なんてないよね？」

「静かにしろ！」ローダンはかぶりを振った。「わたしには考えごとがある！」

かれらは沈黙し、機械を見つめていた。一方ローダンは目を閉じ、ポルレイターについて知っている詳細をすべて、頭のなかで思い浮かべようとしていた。かれらのふるまいを理解し、そこから心理的な推論を引き出そうとしたのだ。だが、それに意味があるのかも自問した。過去には、この異質な活動体の意識の混乱した性質をまったく理解することができなかったからだ。ポルレイターはかれの若い理解力では究めることができないほど、とにかく年寄りすぎたのだ。

かれらが新モラガン・ポルドの世界に飽き、それをただ楽しむために破壊した可能性は充分にある。その施設が存在していた領域のはるか下、かれらの世界の内部に引きこもったのだろうか？　それとも、その活動体にふさわしい生活を送るために、ほかの惑星を探していたのだろうか、たとえば、海のなかでの生活を？

　かれら全員が知っていることは、あまりにもわずかだった。ペリー・ローダンはかつては偉大だったこの種族の運命のことを考えると、暗い思いとすこしの悲しみに囚えられた。ポルレイターの未来はこれまでの発展を一貫して継続する以外にはありえなかった。そしてこれは最初からオフサイド、行き止まりだった。ポルレイターにとって、これ以上の進化はなかった。かれらの意識は、もとの体とは似ても似つかない異質な体の囚人だった。いつかはこの生物の最後の者たちも、不滅の存在である自分たちにとってまったく逃げ道がないことに絶望するはずだった。

　ローダンは考えつづけた。そして、ポルレイターに助けを願うかれらの試みのことも。成功するとは、もはや信じていなかった。しかし、新モラガン・ポルドの住民たちの運命について、かれはやはり確信を得たかった。そのためには多くの時間がかかるのは明白だった。そして故郷銀河への道はまだ閉ざされている。それゆえ、探索はハロー部の星の島と局部銀河群に限定しなければならなかった。

　かれは注意を着陸艇内部とスクリーンにもどした。《希望》は大気圏のより密な層に到達し、地表に向かって高度を下げていった。地平線には何キロメートルもの高さのかなり太い塔が空に向かってそびえていた。それらは部分的に折れていたり、かたむいていたりした。よりによってかれらが接近するさいに塔のひとつが折れ、瓦礫が地面に衝突し、粉々に砕け散ったのは、悪い歓迎のきざしだった。

ブリーは塔のまわりを大きく迂回し、地平線の彼方にひろがる広大な平地のひとつに方位を合わせた。ここでは、技術的超文明の跡が、赤、青、黒で遺されていた。ここでも、すくなくとも上空からは、攻撃や外部の影響による痕跡は発見されなかった。施設は内部から破壊されていた。

かれらは半時間ほど飛行し、それから信号が発信されたと思われる問題の領域に到着した。それは惑星表面の四分の一を占める領域だった。《シマロン》の全乗員が力を合わせれば、おそらく一年あれば、ここにあるすべての瓦礫と横穴のなかから信号の送り手を探しだせるかもしれない。

かれら四人では、偶然と、送り手がもう一度、信号を送ってくることにたよるしかなかった。

だが、いまのところエーテルは静かなままだった。ブリーは地平線に自然の山脈を見つけ、北に方向転換した。山脈は瓦礫のなかから約二千メートルの高さまでそびえていて、その山腹は灰青色のスチールプラスティックでおおわれていた。それはあらかじめ設計された人工景観のひとつで、五惑星施設の建設者たちによってつくりあげられたものだった。

ブリーは着陸艇を山麓《さんろく》に着陸させた。かれは土台がいくらか頑丈に見える高いプラットフォームを選びだしておいたのだ。テラナーは上陸のさいに使用していた反重力装置のスイッチを切った。長さ九メートル、高さ四メートルの着陸艇の全重量が地面にのしかかっても、外部マイクロフォンはなんの物音も伝えてこなかった。

オートパイロットをプログラムし、ブリーがハッチをあける。外の空気はズルウトのそれとなんら変わったところはなかった。ただ、惑星の大きさだけは顕著な差があった。リドンの直径は二万キロメートルで、その地平線は第三惑星よりもはるかに遠くはなれていた。

三人のテラナーとネズミ＝ビーバーは外に出てあたりを見まわした。ハッチが閉まり、十メートルほど《希望》からはなれると、エネルギー・フィールドが立ちあがり、艇体をしっかりとおおった。

ペリー・ローダンは右腕をまげ、ためすように小声でささやいた。即座に内蔵スピーカーから応答が返ってきた。

「下は嵐ですか？」イアン・ロングウィンの声が響いた。「もうなにか見つけましたか？」

「いや、これから探索をはじめるところだ。上陸はうまくいった。これから定期的に連絡する。無線がきれないように願っている！」

「もしそうなった場合はどうしますか？　もし、あなたたちの身になにか起きたら？」

「そのときは決めたとおりにする。十二時間たってもなにも連絡がないときは、何人か捜査隊を送ってくれ。着陸艇の位置確認はできているだろうな？」

「もちろんです、ペリー」答えたのはラランド・ミシュコムだった。「追跡ビームがジャングルのなかで迷子になったり、獣に飲みこまれて消えちゃったりはしませんよ」

「よし。いずれにしても、われわれは重要な発見をしだい着陸艇経由で順次送る。以上！」

ロングウィンが確認し、そのあと四人は出発した。かれらはプラットフォームのはしまで行き、瓦礫からなる峡谷を見おろした。いたるところで建物が破壊されていた。強大な力で押しつぶされ、引き裂かれている。壁にはしわがより、鋭い金属片が穴をうがち、まさしく穴だらけになっていた。かつてはたいらだった屋根は波形になり、場所によっては基礎や床が盛りあがっている。瓦礫の下に機械の部品があったとしても、ほかの破片と区別することはできなかった。

アンブッシュ・サトーは腕をあげ、まがりくねった道があるのを指さした。

「あのみぞは直接山に通じているようです」かれは見抜いた。「あそこの人工的な岩塊には裂け目ができている。そのとなりに黒っぽい斑点があるのが見えますか？」

かれらはそのあたりを探したが、サトーがなにをいおうとしたのかわからなかった。

しかたなくかれらはセランの飛翔装置を作動させ、惑星の表面全体をおおっている瓦礫の上を飛びこえていった。

　そうしてようやく、ローダン、ブリー、ネズミ＝ビーバーは、サトーがなにをいおうとしていたのかを知った。折りたたまれた瓦礫の破片が亀裂のとなりにいくつか突きでていて、そのあいだに長さがおそらく二十メートルはある長方形の開口部があったのだ。すこし奥に入ると、日光をぼんやりと反射するなめらかな表面が見えた。

「防御バリア展開」ペリーはいった。セランの個体バリアが展開された。四人は開口部に近づき、その周囲を一度飛びまわった。不審なものは、なにも見つからなかった。かれらは開口部に着地し、周囲を調査した。なんらかの痕跡、あるいはかくされた信号発信器がないかを探したがむだだった。どうやら、そこは地下施設のひとつに向かう入口らしかったが、スイッチが切られているようだった。

「どうしますか？」ブリーは金属をさししめした。「いちばんいいのは穴をあけることだ！」

「いや」ローダンはかぶりを振った。かれは個体バリアのスイッチを切り、てのひらでその材質の上をなでた。同時に、母船からメッセージが入った。

「信号シークエンスの一部を捕捉しました」ロングウィンが報告した。「あなたたちから、すくなくとも千キロメートルはなれた地域から発信されています。どうしますか？」

　ローダンは突然、振り向いた。あまりにもありそうもない、ありえない考えが頭に浮かんだのだ。かれの心はそれを受け入れることを拒否した。

「その信号のつづきを、セランの記憶バンクに送ってくれ」そう要求した。

　二秒後、かれはその信号を手に入れ、金属面に向かって放射した。

　奇蹟が起きた。信号のつづきがなにを意味しているにせよ、目に見えない自動システムがそれに反応した。最初、金属面はうしろに滑り、そのあと横に滑り、やや下方にかたむいたトンネルがあらわれた。

　ローダンは船に連絡した。

「なかに入る」かれはつけくわえた。「ポルレイターの地下施設が、われわれのためになにを用意しているのか見ることにしよう」

「了解しました。連絡をお待ちしています！」

　ペリーがふたたび個体バリアのスイッチを入れ、かれらは出発した。その背後でふたたび入口が閉じたが、かれらはもう驚かなかった。気にかかったのは、この瞬間、《シマロン》と着陸艇への無線連絡が同時に切れたことだった。

＊

三百メートルほど進んだところで、かれらは足もとの地面が動いているのに気づいた。トンネルは下方へと沈んでいて、サーチライトの光のなかではわからなかったが、部分的になのか、それともトンネル全体が動いているのかはわからなかった。

「急げ、飛行するぞ」ブリーは大声で叫んだ。「ここから出るんだ！」

「なにいってんだよ、ふとっちょ、ぼくら、途中まできてるんだぞ。どこへ行こうっての？　十メートル先でなにが起きているのか、わかってるのかい？」グッキーは憤慨していった。

かれらは、ポルレイターのテクノロジーがとてつもなくすぐれていることを思いださなければならなかった。それは、ギャラクティカーが習得しているものをはるかに凌駕《りょうが》したスーパーテクノロジーだったのだ。結局のところ、それはコスモクラートの技術に直接、源を発している。それについては、ケスドシャン・ドームの地下施設に、二、三の明らかな例があった。たとえば手袋だ。それと対をなすものは、イホ・トロトがもっていた。かつて、セト＝アポフィスがドームの地下施設から盗み、その死をもたらす技術を、暗い目的のために着服したこともあった。

コスモクラートはポルレイターにＭ－３への道をしめしたとき、この疲れきった民が快適な晩年を向かえられるよう、それにふさわしい高い技術を自由に使えるようにした。

そしてポルレイターは、なんとこのチャンスを棒に振ってしまったのだ！

仲間たちは地面の沈下する動きがとまるまで、その場でとどまっていた。そのさい、なんの物音も起きなかった。かみ合うような音も、ぶつかるような音もなかった。この通廊の一部がべつのレベルまでさがっていたとしても、その調整は想像もつかないほど完璧だったことになる。

ローダンはふたたび動きはじめた。さっきより早足だった。十分歩いてもトンネルが終わりそうもないので、かれは飛翔装置のスイッチを入れた。仲間の先頭に立って、下へと飛行していく。軽い傾斜に変わりはなかった。たいらな床をもつ通廊は果てしなくつづき、半時間以上たってようやく通廊を遮断するゲートに着いた。相《あ》いかわらず暗く、どこにも照明器具は見つからない。どうやら、この通廊は車あるいはロボットが出入りするためのものらしかった。

ローダンはセランの助けをかりてゲートを調べた。驚いたことに、開門メカニズムはごく単純なもののようだ。コンビネーションはポルレイターの技術についての手持ちのデータを検索し、一秒以内にコードを発見した。ローダンはそのコードを入力し、ゲートが開くのを待った。薄青色の光がまたたき、優に三十メートルの高さのあるゲートをくまなく照らした。

かれらはその光につつまれたまま、なかに入っていった。かれらはこのみせかけの平和を信じていなかったので、うまく対処できた。ゲートの隔壁が閉まっていくあいだに、セランの検出器は電磁場の発生を記録した。何秒かあと、出し抜けに重力が増加し、四秒とたたぬうちに十二Gの圧力がかかった。無防備な人間なら即座に床に押しつぶされていたことだろう。セランはその力をなんなく吸収した。ローダンが第二の隔壁のメカニズムを調べてコードを入力すると、即座に隔壁は開いた。それと同時に、リドンの地表と同じ、本来の一・二Gの重力にもどった。

かれらはホールに入っていった。その面積は《シマロン》最大の格納庫に匹敵するほどだった。上方にはピラミッド形のドームがあり、五メートル高さのまっすぐな壁には数多くのドアが認められた。

ピラミッドからは何ダースものたいらなボウルがぶら下がり、グリーンの光に輝いていた。

「用心しろ！」ローダンは立ちどまった。「この物体にどういう意味があるのか、まるでわからないからな！」

かれは壁に沿ってゆっくりと最初のドアまで歩いていった。かれはふたたび個体バリアのスイッチを切り、はっきりと見える開口接触部に触れた。

なにも起きなかった。ドアは開かなかった。第二のドアも第三のドアもなんの反応もしめさない。

ローダンは仲間のもとにもどり、ふたたび個体バリアのスイッチを入れた。

「なにか観察機器を見つけたか？」かれは訊いた。全員が否定した。かれは無線機の出力を最大にあげた。

「こちらはペリー・ローダン、深淵の騎士だ。応答してくれ、ポルレイター。まだ近くにいるのなら合図を送ってくれ。わたしの到着に気づいていることはわかっている。わたしは深淵の騎士だ。あなたと話がしたい！」

予想していたとおり、応答は得られなかった。かわりに、天井からぶら下がっているボウルが、いっそう強く輝きはじめた。

「気をつけて！」グッキーが叫んだ。かれの警告の叫びと同時に、グリーンに光るカーテンがアンブッシュ・サトーに向かって進み、かれをつつみこんだ。サトーはあっというまに消え去り、その二秒後、ブリーがそのあとにつづいた。ローダンが見たのは、驚きと怒りで歪んだ友たちの顔だけだった。

「われわれを見つけてくれ！」ローダンはグッキーに向かって叫んだ。そのあと、自分自身のからだに転送時の痛みを感じた。

*

ペリー・ローダンは壁が色とりどりのプラスティック・パネルでおおわれたホールで実体化した。壁の模様は抽象的な印象をあたえながらも、なにかを訴えようとしているかに見えた。天井では何千ものちいさな照明が輝いていた。向かい側の壁の前には三つの壇が上下に設けられ、その上にテラナーがよく知っている生物が動いていた。ローダンはホールのまんなかまで進み、個体バリアのスイッチを切った。

「やっと！」かれは大声でいった。「いやになるほど長くかかった。なぜ連絡しなかったのだ？　深淵の騎士は、きみたちの故国ではもはや無意味な存在なのかな？」

青い閃光がかれをめがけて襲ってきたが、すれすれのところで消えた。

「黙れ」いちばん下の壇から、声が聞こえてきた。「まもなく、おまえが話す機会がくる！」

ペリーはかなり困惑した表情をした。まさかこのような出迎えを受けようとは、想像もしていなかったから。かれはふたたび動きだし、左右の壇へとつづくひろい階段のひとつに向かった。

目に見えないフィールドがかれにふれると、かれを投げもどした。セランが落下を防いでくれたが、ローダンはいそいで個体バリアのスイッチをふたたび入れた。

「わたしはペリー・ローダンだ。わたしはラフサテル＝コロ＝ソスと話がしたい！」

こんどは、ポルレイターからなんの返答も得られなかった。かれのことなど気にかけていないのだ。しかし、その波打つようなからだの動きはますますはげしくなっていた。ローダンはこれまで壇を防御していた周囲のエネルギーが消滅していることに気づいた。エビのかたちの活動体のひとつがからだをうねらせながら左の階段に向かって動いていった。横歩きでホールにおりてくると、ペリー・ローダンに向かって這い進んできた。かれのすぐ前でそれはとまった。巨大なはさみがかちゃかちゃと聞こえるほどの音をたて、視覚環の動く目が、濃い青色に輝いた。ポルレイターは頭を甲羅からぐっと伸ばした。頭は黄土色に鈍く輝く一方で、このアンドロイドのほかの部分は白く色あせていた。頭の下の〝喉袋〟が震えはじめた。

「わたしがラフサテル＝コロ＝ソスだ」ポルレイターはいった。「ようこそ、ペリー・ローダン。法廷がわたしをきみの弁護人として任命したのだ！」

テラナーにはなんのことなのか、さっぱりわからなかった。かれは無言で活動体をじろじろ見た。それから、ふたたび三つの壇に注意を向けた。そこには静寂が生まれていた。どうやら法廷のメンバー全員が到着していたようだ。二百名ほどのポルレイターがいる。

「わたしは自分で身を守ることができる」ペリーは説明した。「おまけに、わたしは罪をおかしたとは思っていない。それとも、新モラガン・ポルドに近づいて、きみたちと接触をもとめるのは犯罪だとでもいうのか？」

「もちろん、そんなことはない。許可証が手元にあれば。あなたはもっているのか？」

「知らなかった、ラフサテル。いつからそれが必要になったのだ？　きみは、テラときみたちとのあいだで取り交わされた契約の規程を忘れたのか？　きみたちの助けを必要としている者は、きみたちのところへきて、要望を伝えるだけではいけないのか？」

「そのような契約についてはなにも知らない、テラナー・ローダン。きみは深淵の騎士だと名乗った。それは重大な主張だ。そのことを証明できるのか？」

「もちろんだ。わたしはケスドシャン・ドームで騎士の位を授与された。きみはそのことを忘れたのか？」

「黙りなさい！」活動体はどなりつけた。このエビ形アンドロイドはほんとうにラフサテル＝コロ＝ソスなのだろうかとローダンは疑念をいだいた。「法廷が開廷する！」

　ゴングが鳴り響き、最上壇の中央で休息していたポルレイターが動きだした。

「これより、テラナー、ペリー・ローダンにたいする裁判をはじめる。かれはこの施設のオメガ・シャフトに無資格で侵入することによって、惑星リドンの自爆設備を作動させた。これにより、今後、新モラガン・ポルドの全惑星は破壊される。ペリー・ローダンはこれによって、われわれの民の生活を破壊した罪で有罪である。くわえて、かれは深淵の騎士だと主張している。かれはこれまでにその証拠をしめす義務を果たしていない。しかし、われわれはかれのいい分は傾聴しよう！」

　ローダンは口を開いたが、ラフサテル＝コロ＝ソスは一方のはさみで、ローダンの個体バリアをたたいた。

「弁護人は被告人の立場に身をおくことを了承した」ラフサテルは判事のほうに向かっていった。「テラナーのローダンは、みずからの侵入がいかなる結果をもたらすのかを知らなかったのはまちがいない。しかし、無知であろうと処罰はまぬがれない。五惑星施設に近づくようにかれを招いた者はいないということを、われわれは全員が知っている。かれは一度も、無線通信や上陸信号にたよらなかった。つまり、われわれの文明がかれの手で滅びなければならないのは、おろかな偶然なのだろうか？　それとも、それ以上の意味があるのだろうか？　かれは深淵の騎士だと自称している。ふむ、もしそうであるなら、かれはもっとわれわれのことに精通しているはず。高貴なる裁判官殿、わたしが依頼人にいくつか質問してから、あなたたちが個人的にかれの意見を聴取されるようにお勧めすべきか、じっくり検討したいのですが」

「そうしろ、ラフサテル＝コロ＝ソス」裁判長が答えた。「その間にわれわれは、かれが証拠を提出しやすくするかんたんな方法を探すことにする」

　ポルレイターは、ふたたびテラナーのほうを向いた。

「きみにはふたつの選択肢がある」ラフサテルは説明した。「起訴状どおり有罪を認めれば、迅速な判決が期待できる。あるいはきみが自分を弁護し無罪だというなら、きみはしっかりとした論拠を考えだす必要がある」

「それはきみの仕事ではないのかね。きみはわたしの弁護人だ。わたしの無実を証明するために、あらゆる努力をする必要があるのじゃないか？」

「いや、ちがう。きみは法廷に立っているのでなく裁判官の前に立っているのだ。わたしはただ、きみと同族の仲間たちとの仲介をしているだけだ」

「たわごともいいかげんにしろ！」ローダンの目はきらりと光った。「きみたちは、わたしの友たちに、なにをしたのだ？　かれらはどこにいる？」

活動体はおちつきなく動きはじめた。ラフサテルは軸を中心に一度回転した。青い目がぎらぎら輝いていた。

「きみはひとりできた。同伴者はだれもいなかった。思いちがいしているにちがいない。わたしにまちがった情報を提供するのは不可能だ。わたしはいまも、同族の者たちの指導者であり代弁者だ」かれは壇のほうを向いた。「ペリー・ローダンが自己弁護する必要があると思います、裁判長殿！」

弁護人のこの要求について、すくなくとも十五分間の討議がおこなわれ、そのあと、ようやくペリーは話すことを許可された。

かれには述べるべきことはあまりのこっていなかった。かれは仲間を誘拐したといってポルレイターを非難した。友たちはかれにとって重要な証人を意味していた。だが、活動体にとってはすこしも重要ではないようだ。かれらはブリー、グッキー、アンブッシュ・サトーの存在をただたんに否定しただけだった。リドンの地下惑星施設には、かれ以外にテラナーはおらず、まして、ネズミ＝ビーバーなど一匹もいなかった。

　ローダンは、なにかがまちがっていると、いまようやく気づいた。

「もしわたしが知らずに自爆システムを作動させたのだとしても」かれはつづけた。「それなら再度スイッチを切ることができるはず。きみたちのテクノロジーは、あらゆる偶発的な誤作動を排除できるほど高度に発達している。ただちにシステムを無効化してほしい！」

　ラフサテル＝コロ＝ソスがはさみをたがいに打ち合わせたので、その音のせいでローダンのつぎなる言葉をかき消した。

「われわれがそもそもそんなことを願っていると、どこから知ったというのだ？」

「わたしは深淵の騎士だ」ローダンはつづけた。「きみたちはコスモクラートのリングを受け入れ、わたしがなにものであるかを知っている。なぜわたしに、自分の身分を証明するよう要求するのだ？」

「きみはヴェイルトのイグソリアンの資格認定書とハープーンのアルマダンの身分証明書をもっているか？」裁判長が訊ねた。「しかるべく、それらを携行しているか？」

　かれらは完全に狂っている、とローダンは自分に言い聞かせた。ほかになにをいえばいいのかわからなかった。かれは必死の思いで、三つの壇の上の者たちをじっくりと眺めた。最後に弁護人のほうを向いた。

「ラフサテル＝コロ＝ソス」かれはつぶやいた。「ヴェイルトのイグソリアンもハープーンのアルマダンもとっくに死んでいる。かれらが発行したという身分証明書など一度も存在したことはない。きみたちは夢の世界で生きている。なにかがきみたちの意識を混乱させているのだ！」

ローダンの目は焼けつくように痛みはじめ、意識に鈍い圧迫がくわわった。かれはセランの全システムが正常に働いているのを確認した。データの場所を特定しようとしたが、それを明確に把握するのに難渋した。

「われわれはかなり長いあいだ、過剰エネルギーエリアのなかにいます」セランが報告した。「交渉を混乱させたくなかったので、これまで情報をさしひかえていました」

ペリーはアンブッシュ・サトーと、その超現実学のことを思った。あの小柄な男がこれに関与しているのだろうか？　いやちがう。なにかほかのことにちがいない。

「話し合いは終わりだ」かれは大声でいった。「幻覚のなかにだけ存在する法定でわたしを有罪にすることなどできない！」

「あなたのいうとおりだ、テラのローダン！」声は壇からきたのでも、ラフサテル＝コロ＝ソスの〝喉袋〟からきたのでもなかった。声はその中間のどこからかきていた。そして、声が話しているあいだに、ホールとそのなかの存在は輪郭が不明瞭になっていった。それらは急速にぼやけ、完全に消えてなくなった。ローダンは技術的な機器でいっぱいの長くのびたホールのまんなかに立っていた。壁ほどの長さと高さのあるコンピュータ・システムが作動しており、まさに惑星の制御領域のひとつであるような印象をあたえていた。

ローダンはだれかが急いで走ってくるような足音を聞いた。スピーカーごしにややひずんだあえぎ声のようなものが耳に響いてきた。かれはちかくの機械ブロックのまわりを歩き、もうすこしでブリーとぶつかりそうになった。ふたつのエネルギー・スクリーンが音をたてた。

「ああよかった、すくなくともあなただけはここにいたんだ」ブリーはいった。「われわれは爆弾の上にすわっていると思う！」

*

かれらを分断した唯一の意味は、個別に対処したほうがかんたんに処理できるからだ。周囲の環境をふたたび知覚できるようになったとき、グッキーはそう思わざるをえなかった。かれがあらわれた場所の周囲には、すくなくとも各種のロボットが百体集まっていた。かれらはどうやら、グッキーを異なるエネルギー状態に変えることだけを目的にしているようだった。かれの個体バリアは、突然の攻撃を受けて明るく輝き、セランは、全エネルギーを個体バリアに注入するしかないと報告した。

ネズミ＝ビーバーは一瞬、一本牙を見せた。

「そんなことだろうと思ったよ」グッキーは明言した。かれは、やたらに銃を撃ちたがる機械集団の背後に目をつけ、非実体化した。ロボットたちは発砲したが、グッキーにはあたらなかった。数体が同士撃ちになった。ロボットが爆発し、それによって生じた混乱のなかで、かれらの赤外線による位置測定能力が著しく限定されたので、グッキーはホールのはしまでジャンプした。

「みなさんおたっしゃで！」グッキーは叫んだ。

そんなことをいわないほうがよかったのかもしれない。突然、かれのまわりの世界が灼熱のオーヴンと化した。解き放たれたエネルギーを前にして、セランの個体バリアはなんの役にも立たなかった。ポルレイターのテクノロジーは、このシステムにおいてもはるかに凌駕していた。ネズミ＝ビーバーはあてずっぽうにテレポーテーションした。そして今回は、ラジオテレスコープのような外見をした半球状の形成物のなかに着地した。それはひろい面積の床を形成し、はるか上方には、鋼鉄の骨組みから何ダースものちいさな人工太陽がぶら下がっていた。この装置のもつ意味は確認できなかったが、そのかわり、窪地のふちから非常な早さで数台のプロジェクターがあらわれ、フィールドを展開した。それはネズミ＝ビーバーをねらったものだったが、グッキーがその罠に気づくのがほんの一瞬、遅すぎた。なにかがかれの脳に侵入し、かれのプシ能力を麻痺させた。もはやテレポーテーションしたり、テレキネシスの助けをかりて自由になることもできない状態におちいった。かれはプロジェクター・エリアから遠ざかろうと努力したが、拘束フィールドが伸びてきて、かれをつかみ、所定の位置に固定した。

「助けて！」ネズミ＝ビーバーはできるかぎりの大声で絶叫した。仲間のだれも、かれの近くにいなかった。そしてボウルのようなもののふちの上方に、最初の飛行ロボットがしなやかであると同時に威嚇《いかく》するように浮かびあがった。それは巨大なトンボに似ていた。そして誤解の余地のないしかたでかれに接近してきた。かれは喉が詰まり、これまでに経験してきたもっともすばらしかったすべての時のことを思いだしていた。

「なにがしたいのさ？」ネズミ＝ビーバーはかれらに向かって叫んだ。同時に、自分になにができるかをセランに相談した。セランはもう動かない。全エネルギーは依然として個体バリアに供給されていた。

　鋼鉄のトンボはかれの周囲を飛びはじめた。薄いアンテナを伸ばし、そこから青い光線が個体バリアに向かって放出されると、バリアを完全に均一なクモの巣に似たネットでつつみこんだ。すぐさまセランのエネルギーは低下し、秒ごとに数値が減少していくと報告してきた。そのうち、個体バリアも消滅してしまうにちがいない。そうなれば、セランは完全にエネルギーを失ってしまう。

「バリアのスイッチを切りましょうか？」シントロニクスは訊ねた。

「いんや」ネズミ＝ビーバーは甲高い声でいった。「なんとか逃げるためのべつの方法をみつけてよ」

かれは背景の向こう、ほとんど見すごしそうになるエリアで、なにかが動いているのを見たような気がした。おそらくほかのロボットだろう。だが、かれはためさずにはいられなかった。

「助けて！」ふたたび、かれは叫んだ。「めっちゃやばい状況なんだよ！」

スピーカーから雑音がしたあと、テラナーのものらしき不明瞭なつぶやきが聞こえた。ほっとして安堵の吐息をついたが、そのあとつぶやきはやみ、ふたたび自分ひとりになってしまった。

「エネルギーは、あとどれくらいもちそう？」かれはささやいた。

「現在の状況では、あと三分たらずです！」

かれはサーモ・ブラスターを引っぱり抜き、こいつで機械の力を失わせることを考えた。だが、拘束フィールドの威力がさらに強まり、個体バリアの保護機能はひどく減少していたため、腕を動かすことさえできなかった。

かれは目のすみで、窪みのはるか外側で爆発の閃光がはしるのを認めた。そこではエネルギーの嵐が巻き起こり、グッキーはロボットがかれの仲間のひとりを追跡しているのだろうと推測した。

グッキーはもう一度、助けをもとめようとした。そしてこんどは、前よりも明瞭な答えがきた。

「心配ご無用ですよ、おちびさん。あとせいぜい二、三秒です。これらは設備を不正アクセスから保護する自動システムです。それらを破壊してもあまり意味がありません。破壊されたロボットごとに、倍の替えのロボットがあらわれるのでね。ですが、どうやらすこし混乱しはじめてるようです。かれらはこの施設で働くようにプログラムされているだけなんですよ！」

グッキーは一瞬、安心して目を閉じた。声でアンブッシュ・サトーだとわかったから。テラナーはおちついて、温和な話し方をしていた。かれならどうやったら助けられるか知っているはず。

ボウルのふちにグリーンの斑点ができた。それは、たちまち窪み全体をとり巻く帯に拡大した。はるか背後に、ぼんやりと木々の影がそびえ立った。そして、そのイメージはますます鮮明になっていく。なにもないところから、最初の灌木《かんぼく》があらわれ、丈高い草がそれにつづいた。伐採地のある森が形成され、その伐採地のまんなかに、ボウルあるいは水盤が立っていたが、それはゆっくりと消えていった。鳥のさえずりが聞こえはじめ、ヒグマに似た生物がボウルのはしに頭を出して匂いを嗅ぎ、ボウルは緑の苔《こけ》の絨《じゅう》毯《たん》と化した。

トンボのようなロボットの活動は停止した。青いネットは崩壊し、光線は枯渇した。機械はあっちこっちによろけた。さらなる制御インパルスを待っていたが、それはこなかった。トンボは音をたてて窪地に落下し、ほかの機械とロボットはその動きをとめた。かれらは自主的な記憶装置をもっていないので、制御装置との接続なしでは無力だった。

　木々のあいだから影が見えた。アンブッシュ・サトーが地面すれすれに飛行しながらあらわれた。かれは窪地のはしでとまり、グッキーに合図を送ってきた。

「そろそろ潮時だったと思います。ロボットたちが必要なエネルギーを自発的に供給してくれたのはさいわいでしたね。超現実の世界へようこそ。ペリーとブリーがどこにいるのかわかりますか？」

　グッキーはゆっくりと窪地から這いだし、うしろを振り返った。もう窪地は見えなかった。閉じてしまっていた。いまそこには密生した草の絨毯があり、イルトがそれを踏むと、それは沈まずにまっすぐなままだった。グッキーはため息をつき、自分の超能力がふたたび申し分なく機能していることをたしかめてよろこんだ。

「ちょっと待って、サトー！」かれは数歩横に進み、自分の内部に耳を澄ませた。かれは見知らぬ意識の存在を感じ、そのほうに向かって動いていき、ついてくるようにとサトーに手招きした。

「きみは、意識を超現実世界にもちこんだの？」かれは訊いた。「それとも、もともとここに生き物がいたのかな？」

サトーにはわからなかった。かれらはいっしょに密林のなかに入っていった。五百メートルほど歩く。

「たぶんここだよ」グッキーはささやいた。「思考がはっきりしないんだ。施設内の生き物かも」

「信号の送信者のことを考えているのですか？」

グッキーははげしくうなずいた。「きみは超現実を、どれくらいのあいだ保持できるんだい？」

「さきほどそのプロセスをすでに逆にしたところです。それでも、あとしばらくは維持できるでしょう。エネルギーがなくなるまで！」

かれらは待っていた。しだいに木々と植物の輪郭がぼやけてきた。そしてそれと同時に、思考インパルスが強くなってきた。超現実世界は薄れていき、かれらはふたたびちいさなホールにいた。そこには長さが約四メートルの立方体の金属ブロックが一個ある以外なにもなかった。グッキーはブロックのほうへと歩いていった。かれは個体バリアのスイッチを切り、そして金属に触れた。

「きっとこのなかにいると思う！」

「だれのことを話しているのですか？」

「ポルレイターだよ！　このブロックにポルレイターの意識が一体化されてるんだ！」

「常軌を逸していますね。死んだ金属ブロックのなかで、その生き物はなにをしようとしているんですか！」

　グッキーは頭をぐっとうしろにそらした。かれは突然、顔じゅうを輝かせ、決然として、サトーの手をつかんだ。

「ぼくはいま、ペリーたちの思考を受けとったよ。かれらはすぐ傍にいるみたい！」

*

　ふたりはペリー・ローダンとレジナルド・ブルがスイッチボックスを特定していたときにあらわれた。それは何重にも保護されおり、アクセスする方法はなかった。ほとんどのスクリーンは空白のままだった。ひとつはリドンの地表をしめし、ほかのひとつはカウントダウンする何列もの数字で満たされていた。テラナーの基準では、大惨事を防ぐためにかれらにのこされた時間は、あと約三時間だった。

「ポルレイターに助けてもらうしかない」ブリーはあきらめていた。「それで、どこから盗まずに連れてこられるんですかな？」

　ブリーはロボットとの不快な遭遇を何度かくり返したあと、最終的にこのコントロールセンターに行き着いた。ローダンはブリーに自分の体験を話した。この地下世界のどこかに自分と仲間を、あるいは自分だけを調べることを重視する装置があり、それとのやりとりのあとで、すべてが幻覚にすぎなかったことがわかったのだと語った。そのあと、みずからはこのコントロールセンターにいることに気づいたが、ブリーの報告はローダンに衝撃をあたえた。

リドンの自己破壊メカニズムは実際に稼働していた。それを無効にするものはなにもなかった。ふたりは探し、話し合い、ようやくグッキーがアンブッシュ・サトーとともにあらわれたとき、ローダンとブリーは心の重荷がとれた。

グッキーはその超感覚でスイッチボックスを探って調べた。アクセスできる可能性は見つからず、かれにはどうしようもなかった。

「でも、あそこにだれかがいるのはわかってるんだ！」グッキーはいたずらっぽく笑い、金属ブロックのことを報告した。「ここまで運んでくるのは、そんなにむずかしくないよ。ルートはわかってるし。よかったら、ぼかあやってみる！」

かれらはすぐにそうすることに決めた。グッキーは姿を消し、二分後には金属ブロックといっしょに実体化した。その物体は床からわずか数センチメートル上に浮遊していたが、かすかな音をたてて着地した。

「ありがとうよ、グッキー。おまえさんは金じゃ買えない存在だ！」

ブリーは父親のようにネズミ＝ビーバーの肩をたたいた。そして、イルトはブリーのセランの下で、そっくり返った。

「いつものことじゃないか。そうだろ、ふとっちょ！」

「それはどうかな。イルトはアリクイみたいなもんだからな。どこにでも鼻を突っこんで、それがスズメバチの巣だったら大騒ぎだ！」

ペリーの叫び声に、ふたりはスクリーンのほうを向いた。

なにかが起きていた。それと同時に、数字の列が停止し、逆もどりしていった。その直後、スクリーンが消えた。そこには金属ブロックがしめされていた。側面にとりつけられていたコンソールのモニターが起動した。

「きみたちは、この惑星を破滅から守った」ブロックは告げた。「わが民は、きみたちにたいへん、恩義を感じている！」

ローダンはスクリーンを凝視していた。ほんとうは、ポルレイターが過去の失敗から学んだことを期待していたのだ。以前きたときには、なにかの物体に統合されているものはもういなかった。なぜ、いまになってまた？

「グッキー」かれはいった。「あのブロックの意識を分析できるか？」

ネズミ＝ビーバーは集中した。しばらくして、かぶりを振った。

「なぜそれがそんなに重要なの？」

「それが人工的な意識ではないかと思うからだよ。もはや新モラガン・ポルドにはただのひとりのポルレイターもいないのではないかと思うようになった」

なにかがかれの目の前をさっと通りすぎていった。かれはまばたきした。だが、なにも変わっていない。突然、ネズミ＝ビーバーの目が細められ、ベルトからサーモ・ブラスターを引き抜いて発砲した。

　ローダンは本能的に個体バリアのスイッチを入れた。この処置がかれの命を救った。ネズミ＝ビーバーはそのあとも銃撃をつづけ、つぎの瞬間、ブラスターのかわりに、何重にも巻かれたと思える糸巻き棒を手にしていた。いったいどこからこんなものをもってきたのか、だれにもわからなかった。どこかでこれを見つけたにちがいない。

「ばかなことはやめるんだ」ローダンは押し殺すようにいった。同時に、かれは大声で叫びはじめた。「ブリー、サトー、気をつけろ！　われわれはヒュプノ・インパルスにおおわれている」どちらの仲間もどこにも見えない。ただグッキーだけがかれの前に立っていた。すくなくとも頭ひとつ、かれ自身より大きかった。

「死ね、ペリー・ローダン！」かれはきいきい声をあげた。

　ローダンは反応しなかった。かれの個体バリアは壊れていた。かれは息を切らしながら、わきに身を投げた。つぎの射撃はかれのそばすれすれに飛んでいった。巨大なグッキーは振り返り、武器をわずかにもちあげた。

　そのとき、ふたたびだれかが猛烈な速さで目に見えないカーテンをわきに引いたことに気づいた。ローダンはネズミ＝ビーバーがかれの上に身をかがめているのを見た。

「いったい、いまのはなんだったんだ？」三人全員が、横たわるローダンのまわりに集まっていた。

「おそらく、あらたなテストだ！」ローダンは立ちあがり、自分の個体バリアが実際に無効化されているのに気づいた。かれはこの攻撃を意識的に体験した。おそらくそれが重要なポイントだったのだ。制御壁のわきに開口部ができた。異様な者が一名、そこにあらわれた。それは床からてのひらの幅ほどの高さを浮遊していた。

「なんてこった！」ブリーは平静さをたもつのに苦労した。

その生き物はナックだった。

*

それは疑いもなくブルー・ナックとして知られるようになったタルカン宇宙のナックだった。その者は頭をヘルメットのようなものでおおい、プシ触手自体、四肢をおおう可動式の殻に守られていた。ヘルメットからふたつの金属の有柄眼が突き出ていた。前の部分は赤いレンズになっていて、その下には動く口があった。このロボット顔の下の胸の部分は、同じく、完全にロボット化されており、六本の腕部分のかわりに、同じ数の機械装置の腕があった。ナックの背中はからだの高さの三分の二が露出したままだった。這うための足裏も、同様に反重力装置が収容されている機械装置のなかにあった。ナックの露出した肌は、まるで青みがかった膜でおおわれているかのように見えた。エスタルトゥ＝ナックのその呼び名は、その青い肌からきていた。

「わたしの名はズヴィンダーだ。この惑星の地下にのこされた施設の守護者だ！」そう話しはじめた。自然の声ではないにもかかわらず、それはまったく機械的には聞こえない朗々たる深みのある声だった。ナックには発声器官がないのだ。「わたしは、きみたちの無線メッセージを聞いた。そしてきみたちのうちのひとりが深淵の騎士だと自称していることを知った。それがわたしの介入した理由だ。わたしは連続した信号をズルウトに送った。きみたちをここに誘い出すために」

「では、なにもかもきみのおかげだったわけだ。ほんとうにリドンを爆破するつもりだったのか？」ブリーはすこし前に進みでた。かれらはもうとっくに、個体バリアのスイッチは切ってあり、ずんぐりとしたテラナーはセランの腰の場所にこぶしをあてていた。

「ポルレイターは、わたしをかれらののこした施設の守護者に任命した。わたしはかれらの指示にしたがって行動している。きみたちが経験したすべてのテストは、ペリー・ローダンがほんとうに深淵の騎士にふさわしい特性をそなえているのかを探りだす目的のためにのみおこなわれた。かれはまちがいなく深淵の騎士だ。それゆえ、テストは終了した！」

「では、新モラガン・ポルドにはもう、ポルレイターはいないのか」ペリー・ローダンは断言した。「きみはどうやってここまできたのだ？　そして、なぜポルレイターは守護者の任務をきみにゆだねたのだ？」

「そんなことは問題ではない」ズヴィンダーは曖昧《あいまい》な返事をした。「ポルレイターは引退した。そして、テラナーはそのことにたいして、まったく罪がないとはいえない。それでも、わたしはポルレイターの現在の滞在場所の座標を提供する権限をあたえられている。きみたちはそこで歓迎されるだろう。いますぐ行くのだ。地表への道は自由に使える！」

ズヴィンダーはからだを回転させ、かれらに背中を向けた。かれは開口部に向かって浮きあがった。かれらが別れの言葉を発するまもなく、かれは去ってしまった。壁の開口部は閉まった。

四人の仲間は顔を見合わせた。かれらのセランはたったいまかれらに提供されたばかりの座標データをもっていると報告した。

ローダンはグッキーに手をさしだした。

「道が自由に使えるなら、行くとしよう！」

5

その座標に属する星系は、故郷銀河から離れたM-3の外縁部にあった。《シマロン》はそこに針路を向けた。惑星リドンでの滞在は短く、四時間をこえていなかった。一名のナックがそこにいたというニュースは、爆弾のように船を襲った。乗員たちはズヴィンダーが真実を話したのか、それともポルレイターを故郷から放逐《ほうちく》したのはナックの存在があったからではないのかと、疑問を感じていた。

ペリー・ローダンはナックの言葉を信じていた。その情報を疑う理由はなかった。ズヴィンダーがかれのなかに深淵の騎士としての特性を認めたということだけを根拠に、かれらはいま、その本来の目的地に向かっていくところだった。

ローダンはかれのポルレイターへの願いがいまも満たされるだろうかと、重苦しい気持ちで疑念をいだいていた。かれら自身がそのテクノロジーをすべて破壊しつくしたのではないだろうか？

もうすぐそれがわかる。テラナーはそのことにすこし不安をおぼえていた。

《シマロン》は目的の星系に到着した。八つの惑星をもつ白黄色の恒星がスクリーンに浮かびあがった。ふたつめの惑星は地球に似た条件をしめしていたが、よりくわしく調べたところ、人類あるいはそれ以外の知的生命体が存在している兆候はなかった。

　ローダンは通信機のスイッチを入れ、新モラガン・ポルドでおこなったのと同様の言葉で連絡をとった。かれはポルレイターを呼び、助けを乞うた。

　すると、すぐに返事がきた。スクリーンに画像はうつらず、ただメッセージだけが第二惑星ガットムから送られてきた。それはごく一般的なメッセージだった。というのも、ローダンがある特定の人物に向けてメッセージを送ったのではなかったからだ。

「深淵の騎士は、船を周回軌道上におき、最大三名が小型艇でガットムに着陸するがよい。着陸地点はこちらから指示する！」

　ローダンは短い言葉で応答し、周囲を見まわした。同伴者を選びだすのは、ほんとうにむずかしかった。だれもがそれを望んでいたため、今回はレジナルド・ブルとアンブッシュ・サトーは断念するしかなかった。ローダンはテレポーターでもあるグッキーと船長のイアン・ロングウィンを同伴することにした。三人はスペース＝ジェット1に乗り、スタートした。《シマロン》から一万キロメートルはなれたところで、ビーコンが円盤型宇宙艇をとらえて惑星に誘導し、そこで、きらめくブルーグリーンの海に埋めこまれた無数の島大陸のひとつに招いた。島大陸には植物が生い茂り、ローダンはポルレイターがそのエビのような活動体の特性を活かし、海のある地域に引きこもったのではないかという予感がすこし証明されたように思った。

ビーコンはスペース＝ジェットを大河の上空まで連れていった。大河は森林におおわれた山脈から銀色に輝く鉱脈のように流れでて、無数に蛇行しながら海に向かって流れていた。

ガットムには手つかずの自然があった。その光景には、どのテラナーも心臓の高鳴りをおぼえることだろう。テラの熱帯地域はこのような外見をしていたから。南海の保養地への飛行のさい、島々はこのように見えたものだ。

「どこにも建物が見えないですね」イアン・ロングウィンがいった。「ビーコンはジャングルのまんなかからきています！　それともなにか見えますか？」

かれらに見えたのは、緑から青までのさまざまな色合いの密生したカーペットだけだった。大河にはいくつものちいさな支流があり、河岸の森の生い茂った梢の下を金色に輝き流れ、銀色の大河に合流していた。

ビーコンは、水面から三メートルまで円盤型宇宙艇をおろした。イアンは必要な修正をオートパイロットにまかせた。ビーコンの安全性を信頼していたからだ。

その間に、スペース＝ジェットは時速四十キロメートルまで速度を落としていた。ほとんどスローモーションで岸辺に向かって滑空し、葉の繁った天蓋の下の支流のひとつにそって滑空していった。半時間ほどで河をこえると、木々とその下の藪はやや後退した。ふたりのテラナーとイルトが、聞こえるほど息を吐いた。

ジャングルにはところどころに空き地ができていた。とはいえ、空が見えるほどひらけてはいない。たんに木々に下草がはえていなかっただけのことだ。

大枝、小枝、つる植物は四十メートルの高さから、ようやく生えていた。植物ドームは直径がすくなくとも五キロメートルあり、その下は、これまで頭上すれすれにあった藪よりも明るかった。

「前方にちいさな丘がありますよ。一キロメートルほど先です」ロングウィンは探知機を使っていった。「あそこからビーコンが出ています！」

まわり道をするようにビーコンは設定されていたのだろう。ビーコンは、地表に直行するのではなく、自動ツアーガイドのようにまわり道をして案内する役割を果たしていた。途中、まわり道用のプロジェクターがいくつかあったはずだが、ジェットが気づかないほどうまくカムフラージュされていた。

したがって、ポルレイターはガットムにおいても、その卓越したテクノロジーをもちいていたことになる。

スペース＝ジェットは丘のすぐ手前に着陸した。ビーコンが消え、三人の仲間は顔を見合わせた。

「このせまいコックピットに、もうだれもいたくないよね」グッキーはふたりのテラナーをちょっとのあいだじろじろ眺めてからいった。「開け、ゴマ！」

ロングウィンが船底エアロックを開き、かれらは外に出て、この空き地のビロードのように柔らかい地面の上を歩いた。空気は高い湿気をふくみ、わずかなちがいはあるものの地球の空気に似ていた。酸素含有量はコンマ以下の差だった。

たしかに、ここでなら生きられる。ここは守るべきたいせつな世界だった。酸素呼吸生命体ならだれでも、ガットムの一員であることを幸せに思っただろう。これまで見てきたかぎり、この惑星は楽園のようであり、平和だった。ポルレイターは新しい故郷を選ぶにさいし、驚くほどよいセンスをしめしていた。

ローダンは空き地のはしでなにかが動くのに気づいた。そうこうするうちに目が明るい薄暗がりに慣れてきていた。テラナーは驚きの叫び声をあげた。かれらのほうに向かって近づいてきた者は、明らかに人間の姿をしていたからだ。それはテラナー、またはアルコン人のように見えた。そして、暗紅色のかんたんなつなぎを着ていた。

ローダンは大股で歩いていった。かれはその未知の者に向かって急ぎ足で近づく。二百メートルほどの距離からでは、その顔だちはよくわからなかった。グッキーとロングウィンもローダンのあとにつづいた。

テラの不死者は内心、震えはじめた。かれは思いがけないことを予想していた。無意識のうちに、タルカン宇宙への長い旅をしなかった友や仲間のことを思った。あれはだれなのだろう？

その人影はややふらつきながら前に進んできた。そしてこんどはその人影が向きを変え、空き地のはしに沿って歩いていった。まるで、難儀して動きを調整しなければならないかのように、こわばって、ぎごちなく。明らかに男性であるその人物は、まるで酔っぱらっているかのようなようすだった。

ローダンは駆けだした。そのヒューマノイドとの差をつめ、追いこした。ひと目みただけで、自分がまちがっていたことがわかった。かれの友ではなかった。いまようやく目をあげ、その視線はテラナーの視線と交差した。その生き物は立ちどまっていた。柔らかく、優しいといってもいい顔つきをしていた。そして、いまあげた両手は細くて華奢で、どことなく、ぽきんと折れそうな感じだった。

「きょうはすばらしい日だ」そのヒューマノイドはいった。かれはわずかな者しか使いこなすことのできない特殊言語で話した。それはかつて七強者たちが話していた言葉が変容したものだった。ローダンとグッキーは理解したが、ロングウィンは理解できなかった。ネズミ＝ビーバーは《シマロン》の船長のために通訳をした。

「そうだな」ペリーはうなずいた。「そして、このような日にわれわれがやってきて、きみたちから貴重な時間を奪っている。そうじゃないかね？」

「時はわれわれから逃げてはいかないよ、ペリー・ローダン」ヒューマノイドは暗い、やや不規則な声で明言した。かれはどうやらその外見から、すくなくとも話しかけてきた者がだれかわかったようだ。

「しかし、われわれにとっては、急を要することなのだ」ペリーはいった。「だから、われわれは新モラガン・ポルドまで飛行し、そこでナックからのテストに耐えた。施設が破壊された世界を見るのは、まったく楽しいことではなかった！」

「報告を受けたよ。ズヴィンダーが知らせてくれた！」

ローダンの顔に、知っているぞといいたげな微笑がかすめた。かれはネズミ＝ビーバーのほうを向いた。

「ちび、きみはかれの思考を読んでいたな、そうじゃないのか？　われわれがこの空き地に着いたときから知っていたんだろう！」

「もちろんだよ、ペリー、悪く思わないでね。ちょっぴり気を揉《も》ませたかったんだよ。それに、驚きのご対面をだいなしにしたくなかったんだ！」

ロングウィンは頭を掻いた。かれは、ひとことも理解できなかった。

「わたしが驚いたのは、きみとその仲間たちがこの道を歩いたことだ」ローダンはつづけた。「もっとも、わたしには施設の破壊ときみたちのあらたな活動体との関連性がわからない、ラフサテル＝コロ＝ソス！」

ヒューマノイドはほほ笑んだが、凍りついたような印象をあたえた。まだこの活動体を支配したことがほとんどなかったので、ふつうの人間のようにふるまうことができなかったからだ。

「直接の関連性はない、ペリー・ローダン」ポルレイターは答えた。「われわれはヒューマノイドのかたちをとることに決めた。それがもっとも能率的で使いがってのよい形態だと思えたから。それに従来の活動体には飽きていたしね。それでわれわれはからだをとり替えたというわけだ。だがその前に、われわれの故郷世界へようこそ。きみたちがここにきたのは、われわれに助けを求めているからだろう！」

「そうだ」ローダンはいった。かれはポルレイターが無造作に草の上にすわり、手足を組むのを眺めていた。

テラナーは銀河系船団でかれと仲間がどのような目にあったかを短く伝えた。ラフサテル＝コロ＝ソスがおよそ七百年前にローダンが失踪したことを知っていたことにも驚かなかった。テラナーが話しおえると、ポルレイターは何度もうなずいた。

「きみたちがわれわれから貴重な情報と援助を期待しているのは理解できる」かれはいった。「きみを失望させることになりそうだ。われわれも現在銀河系でなにが起きているのかあまり知らないのだ。われわれはクロノパルス壁と多層防御システムについては知っている。それ以上のことは知らない」

「しかし、あなたたちはすぐれた武器をもっている」イアン・ロングウィンが叫び声をあげた。「銀河系の人々を助けなかったのですか？」

「われわれは力のかぎりをつくした。だが、M－3の外で起きていることに責任はない。われわれは銀河の警察ではないのだ。当時、われわれが撤退したのは、コスモクラートのリングがわれわれの目を開いてくれたからだ。エレメントの支配者にたいして、われわれの善意を証明した。そして、いま……」

かれはいい切らなかった。ローダンは悪い予感がした。かれはおちつきなく動いた。

「で、いまは？」かれは訊ねた。

「いま、わたしは、きみたちにこれまでの経緯を話す」ラフサテル＝コロ＝ソスは陰気につぶやいた。

かれは何世紀か前、銀河系がどのようにしてポルレイターに援助をもとめたかを伝えた。外交使節は四二六年二月に締結された同盟条約のことを主張した。当時、まだ新モラガン・ポルドに居住していたポルレイターは援助の意志を表明した。かれらは銀河系にかなりのハイテク兵器を提供し、格上の相手から身を守れるように援助した。

だが、ギャラクティカーにとっては、それだけでは不十分だった。かれらふたたびやってきた。そして大量の武器、とくにより破壊力の強い武器を要求した。ポルレイターはそれにも応じた。ギャラクティカーは何度も何度もくり返しやってきた。銀河系における戦いはいまだに決着がついていなかったから。

　ある日、新モラガン・ポルドの住民たちは、これ以上の援助はできないと宣言した。かつてコスモクラートによって定められた範囲をこのままでは逸脱してしまいかねないからだといって。物質の泉の彼岸に住まう存在に、もはや服従する義務などないはずだというギャラクティカーの反論を、かれらは認めなかった。

　そのあと、信じられないことが起きた。ギャラクティカムの艦隊が五惑星施設の上空にあらわれて攻撃してきたのだ。銀河系の住民たちは絶望的になるあまり、自暴自棄におちいっていたのだ。ポルレイターは全力をつくして攻撃を撃退した。かれらはギャラクティカーを追いはらった。だが、それで終わりではなかった。かれらはもうこれ以上、他者と他者との戦争に力を貸したくなかった。かれらはつらい思いに耐えかねて、新モラガン・ポルドのすべての施設を破壊し、ボレア星系内にある惑星ガットムに退いた。

　ラフサテル＝コロ＝ソスは話しおえ、三人の聞き手をじっと見つめた。三人がこの話をまず頭のなかで整理しなければならないことは理解できた。

「ペリー・ローダン、ギャラクティカムから攻撃を受けたことにより、これまでの同盟条約は自動的に失効したことは理解できるな。もはや銀河系とのあいだに同盟関係はない。そしてギャラクティカーの行動を理解したとしても、われわれにたいして攻撃したという事実は変わらない。われわれポルレイターはもはや同盟者ではない。われわれはもう、いかなる支援もあたえない。深淵の騎士であるきみなら、その決定を充分理解するだろう！」

　ローダンは唾をのみこみ、それからゆっくりと頭を下げた。かれは当時なにが起きたのかをはじめて知った。かれはそれを受け入れなければならなかった。そしてかれはコロの言葉をすべて信じた。

「ギャラクティカムは当時、どの敵に対してその兵器を使ったんだ？」かれはかすれ声で訊いた。

　ポルレイターはなんといえばいいのかわからなかった。当時、局部銀河群全体で戦いが猛威を振るっていたからだ。

「ギャラクティカーはハウリ人のことを話したかと思うと、こんどはカンタロという半有機体で半ロボットでもあるハイブリッド種族のことを話していた。それ以上のことは知らない。われわれは戦いには参加しなかったから。M－3をあらゆる武器ハンターのための宝庫にしないよう、われわれは新モラガン・ポルドを放棄した」

「そしていま、ここで暮らしてるんだね！」グッキーは一本牙をむきだし、理解を示した。

「現時点で、まだ一九九八の個体がいる」ラフサテル＝コロ＝ソスはうなずいた。「全員、ここガットムで暮らしている。もはや局部銀河群の政治にも軍事にも、二度と介入しないとかたく決心している」

「きみの情報に完全に満足したわけではない」ローダンは明言した。「もっと詳細が知りたい。当時、銀河系ではだれが司令官だったのだ？　新モラガン・ポルドへの攻撃命令をくだしたのはだれだ？　銀河ハロー部の状態について、たとえばＭ－１３について、きみたちはなにを知っている？　きみに訊きたい質問は山のようにある」

「われわれの歓待を過大評価してはいけないといっても無礼だとは思わないでほしい、ペリー・ローダン。きみの文明とポルレイターとはもはやなんの関係もない。きみがガットムに着陸することを許されたのは、きみがいまなお深淵の騎士だからだ。われわれから多くをもとめないでくれ。この訪問は一回きりで、そうありつづけるだろう。きみはもう恒星ボレアをふたたび見ることはない！」

　ラフサテル＝コロ＝ソスは大儀そうに身を起こした。かれは数歩あとずさりして、軽くお辞儀をした。「このような決定をしたからといって、われわれを悪く思わないでくれ。この決定はわれわれが生きのびるために正当なものなのだ。さようなら！」

　ポルレイターはよろめきながら引き返していった。かれはもう、呼びかけの言葉には答えなかった。そして、ロングウィンが飛びあがって、あとを追っていこうとしたが、ローダンは制止した。かれらは黙ってスペース＝ジェット機にもどった。

　それでもローダンはしばらくのあいだ無線を使って、ほかのポルレイターにコンタクトをとろうとした。だが、うまくいかなかった。かれの試みに反応する者はひとりもおらず、やがてビーコンが作動を開始し、三人に船底エアロックを閉じるようにとうながした。かれらはしたがい、円盤型宇宙艇は周回軌道へ、そして《シマロン》へともどっていった。そこではすでにみな事情を知っていた。無線を通して会話を追跡していたのだ。

「それで、これからどうしますか？」イアンはふたたび船の操縦席についたとき訊ねた。

「これ以上ここにいてもむだだ。だからスタートしよう」ローダンはその声に皮肉っぽいユーモアをこめようとしたが、成功したとはいえなかった。「二度めのデートはことわられたようだからな」

《シマロン》は航行を開始した。ボレア星系を去って、短距離のハイパー空間航行をおこなった。位置確認作業が終わったとき、ローダンは直感的に警報を発した。だがそれは不要だった。探知装置は通常空間から恒星ボレアが消えたことだけを伝えた。

「針路変更」不死者の声が響きわたった。「ガットムにもどる！」

《シマロン》は引き返した。あらためてボレア星系に近づいたが、白黄色の星とその惑星は消えていた。ハイパー空間探知機は、このM-3のセクターではまったくなにも表示しなかった。

ただ短く圧縮された無線メッセージが船にとどいただけだった。それは解読された。

「こちらはラフサテル＝コロ＝ソス」そうはじまっていた。「さらなる助言をひとつあたえる、ペリー・ローダン。きみがその好奇心を満足させたいのであれば、過去の柱がそびえ立っているところを探せ。アムリンガルの時の石板を読むのだ！」

*

「無事におもどりになってよろこんでおります！」

アンブッシュ・サトーはおちつかなげに手を動かした。かれは背中に金色の竜の模様のある黒い絹の着物をすこしかきあわせた。

「あなたの忠実さには敬意を表しますよ、ハミラー」かれは答えた。「よいときをおすごしでしたか？」

「もちろんです。ただ、わたしがこの船の指揮権をもたないかぎり、わたしの意思決定には制約があることを心に留めておいていただきたい！」

「あなたが指揮権を得ることは、ぜったいにないですよ！」

「ここはとても空虚です。わたしはひとりぼっちです！」

「それは確認ですか、それとも苦情ですか？」

チューブはそれには答えなかった。そして、アンブッシュには問いをくり返す理由はなかった。

超現実学者は、かれがこれまでに発見したことについてよく考えてみた。ハミラーには障害があった。サトーはまずそれを〝盲目の因子〟と名づけた。ハミラーの記憶バンクには明らかにかれの知らない知識がふくまれていた。それはたとえば《バジス》の概要図、あるいは時間記憶、出来ごと記憶、医療記憶の助けによってNGZ五五〇年ごろと確定された事柄のすべてに関わる問題だった。ハミラーはただ、テラナーに《バジス》を指揮する権限があたえられる必要がある、ということしかおぼえていなかったが、なぜそうなるにいたったのかを説明することはできなかった。ハミラーは《バジス》が再度組み立てられるようもとめているが、いかなる状況下で分散させられたかについてはなにも知らないという。そのうえかれは『ログ』の情報を認めることを拒んだ。それは、かれの記憶障害とはあまり関係がなく、それ以外の要因、おそらくかれの存在のバイオ＝プラズマ的部分が役割を演じているのだ。

もっとも重要なのは、〝悪童オリー〟についての言及だとアンブッシュ・サトーは考えていた。最初にその名前をだしたとき、ハミラーは大騒ぎを演じたあとストライキを起こした。そのつぎのときには、そんな名前は知らないというと同時に、その正式な名前はオリヴァー・ジャヴィアだといった。その直後に、かれはこの発言をおぼえていないと主張した。

ここに問題解決の糸口があったのだろうか？　チューブに四四八年以前の時に関わる

証言のきっかけをつくるための、なんらかの連想として役立ったのか？　もしそうなら、そうした連想的な発言をかれにたくさんさせることができれば、ハミラーの記憶を呼び起こすことができるのだろうか？　サトーは最近の出来ごとを考えた。あのとき、ハミラーはアフィリーによって細胞活性装置が一時的に機能不全におちいった時代、つまり、ハミラー・チューブがまだ建造すらされていない時のことをほのめかしたのだ。ハミラーはこの知識を自分の記憶バンクからとりだした。つまり、記憶装置はこの知識をどこかで得ていたのだ。たとえ、口頭あるいは書面で何度質問しても、その都度、ハミラーからは否定的な答えしかでてこないとしても。

「今後もっと頻繁においでになるのですか？」ハミラーは訊き返した。サトーはうなずいた。《シマロン》がＭ‐３に到達したとき、学者たちはハミラーに関する研究を一時的に中止した。その間、船のロボットはすべて、チューブのあるホールに近づかないように、またその無電インパルスによって改変されないように再プログラミングがされたため、ハミラーは必然的に孤独コンプレックスを抱くようになっていた。サトーはそれを予測していた。そして、船内のだれもが思いがけない不快な出来ごとに直面しなくてもいいように、その孤独コンプレックスを誘導することに決めた。いまかれは、問題が解決しそうだと確信していた。

ただいつ解決するのか、その時期は予測できなかった。すべてはハミラーしだいだった。

「わたしたちはいまどこに向かっているのですか、ミスタ・サトー？」

「正確なことはわかりません。たぶんマゼラン星雲のなかへだと思います。ぜったいにサヤアロンには近づきません」

「サヤアロンは呪わしい場所だ！」ハミラー・チューブは叫んだ。「はるかなる霧を訪れた者は、みなその生存を失う。いずれにしても、あれは死だ。だれもあの永遠の断罪の領域から帰れない。そうじゃありませんか？」

「きみがそういうからには、そのとおりなのでしょうね、ハミラー！」

サトーはポジロトニクスがそれをどこから知ったのかは訊ねないでおいた。そんなことをしても意味がないからだ。

*

ポルレイターとの出会いは、期待はずれなものだった。そしてこの失望は、必然的に《シマロン》の乗員たちにもひろがった。M-3の者たちは、局部銀河群の民とは、もう関わりをもとうとしなかった。球状星団への旅では、故郷銀河の運命の解明に役立つようなヒントはなにも得られず、ポルレイターの技術上の支援をもとめる期待も永久に失われたらしい。《シマロン》にのこされた道は、M-3を去って、大マゼラン星雲に向かっていくことしかなかった。かれらは計画どおり、アイシュラン＝ホに向かって航行するつもりだった。そこで、〝幽霊船団〟のどの船に出会うかは、《シマロン》がフェニックス＝1から出発した時点ではまだ確定していなかった。かれらはきっと驚くはず。つぎになにが起こるかは、グラドの世界で決まるだろう。

その時まで、まだしばらく時間がかかる。

イアン・ロングヴィンが短い位置確認フェーズのあと、メタグラヴ・ヴォーテックスを構築しているとき、ローダンはかれに軽くうなずいた。疲れきったローダンはシートにぐったりともたれかかった。ポルレイターへの失望、ギャラクティカーの行動に関するラフサテル＝コロ＝ソスの驚くべき証言、かれはこれらすべてを忘れたかった。かれは考えるのをやめた。唯一意識していたのは、出発した日付だった。

一一四三年六月十日。不死者はくるのが六百九十五年遅すぎたという思いに、いまなお心をしめつけられていた。

M－3での体験はこの思いをなおいっそう強くした。

宇宙ハンザの特使

クルト・マール

登場人物

ニッキ・フリッケル……………………《ソロン》船長
ナークトル……………………………同乗員。スプリンガー
ウィド・ヘルフリッチ…………………同乗員。テラナー
レングポナム…………………………グラド。外貨両替の専門家
バーインタヴ…………………………同。円卓会議執行部事務局長の秘書
ベルトララム…………………………同。媒体伝達士
アラルド・パウロッテ…………………テラナー。パテンベ在住の商人
トリンダルラー………………………グラド。著名な媒体伝達士
アロングプジャラト……………………同。円卓会議執行部の記録係
プラヴヴェロク………………………同。公安捜査局の特別監察官

1

彼女がこの瞬間、その探知映像に目をとめたのはまったくの偶然だった。

そこにはなにも見えないはずだった。《ソロン》は球状星団M－30と大マゼラン星雲の中間の銀河間の空虚空間にいた。十対九以下の確率を無視したとしても、べつの飛翔体が同時に近接探知機が探知するこの宙域に存在することなどありえなかったのだ。

だが、飛翔体はそこにいた！　彼女は見たのだ！　反射の光度は弱く、ぼやけていた。とりわけ画面では亡霊のように飛び跳ねていた。だが、それはほんものだった。なにかがそこにいたのだ。そしてその出現のしかたは、惑星サトラングで観察された形状を恐ろしいほど思い起こさせた。

彼女は警戒警報が発令されても驚かなかった。司令室の照明が数秒間、白・赤・白・赤とあわただしいリズムで明滅し、警笛が耳をつんざくように鋭く響いた。

「未確認飛翔体が、すぐ近くにいます」シントロニクスの人工の声が知らせた。「亡霊のような物体の存在を確認。この奇妙な物体の位置は検出不能」

「エネルギー・バリア！」言葉は無意識のうちにニッキ・フリッケルの口から出た。

「構築しました」答えが聞こえた。

「最高出力で……」

そのとき突然、けばけばしいオレンジ色の光が輝いた。光学観測用スクリーンから勢いよくはなたれ、司令室じゅうにあふれた。宇宙の深みから荒々しい音が鳴り響き、耳のなかが痛くなった。船体が震える。ニッキ・フリッケルは思わずジョイントシートにからだを押しつけた。安全ベルトがあとにつづき、彼女を支えた。

宇宙船じゅうに衝撃がはしった。ニッキがすわっているコンソールの上で、どぎつい赤色の光が踊っている。船体の継ぎ目やフレームのいたるところが軋《きし》み、ぎしぎし音をたてた。雷鳴のような騒々しい音にシントロニクスの声はかき消された。ニッキ・フリッケルは一瞬、高みに押しあげられたように感じた。ベルトがぴんと張り、ふたたび安全なジョイントシートへと彼女を引きもどした。

亡霊現象はあらわれたときと同様、突然消えた。オレンジ色の光は消えた。光学スクリーンにはふたたびなにもない漆黒の空間があらわれた。銀河系の光り輝く円盤とその反対側の密集した大マゼランの星雲がひろがっているところだけ、その均質性は妨げられていた。

「被害報告を！」ニッキ・フリッケルが要求した。

「メタグラヴ貯蔵庫の容量、四十五パーセントに低下」答えが返ってきた。「電力変成器五器のうちの二器が故障。機械的な損傷は軽微です」

「質問がふたつ」ニッキ・フリッケルはいった。その声には内面の緊張をうかがわせる、いつもとはちがう鋭さがあった。「われわれはいまなおメタグラヴ航行が可能なのか、そして損傷は本船の搭載機器を使って修復できるのか？」

「どちらも肯定します」シントロニクスは答えた。

ニッキは近接探知スクリーンに視線をはしらせた。幻影のような反射は消えていた。だが、ふたたびもどってくるはず。ニッキはそう確信していた。

「速度をあげて」彼女は命じた。「メタグラヴ・ヴォーテックスを可能なかぎり早く構築」

「実行開始します」人工の声がいった。

ニッキ・フリッケルはベルトをゆるめた。やや前方に身をかがめ、注意を集中してコンソールの上に浮かぶ半ダースのちいさなスクリーンをじっと見つめた。数字、文字、記号がつぎつぎにすばやく変化する。それぞれの画面が、加速値、エンジン稼働率、メタグラヴ・ヴォーテックスの安定化指数など、重要な飛行パラメーターをあらわしていた。

彼女は加速値のゆっくりとした上昇を、不安げに目で追っていた。メタグラヴ・エンジンは六十三パーセントしか稼働していない。ふたつの電力変成器の突然の停止が影響しているのだ。メタグラヴ・ヴォーテックスの構築状況は、恐ろしいほどゆっくりと二十パーセントに近づきつつあるところだった。

ニッキのとなりのコンソールでスプリンガーのナークトルが働いていた。かれはその種族の典型といえた。つまりずんぐりして筋骨たくましく、頭髪は赤く、顔一面の髭《ひげ》も同じく赤かった。顔は粗削りで、肌は長期間宇宙に滞在していたヒューマノイド特有のオリーブがかった褐色で、大小無数のしわでおおわれていた。はじめてナークトルに出会った者には、このスプリンガーは無愛想な印象をあたえる。だが、かれの目を見てその陽気で狡猾な輝きを観察すれば、不機嫌そうな外見の裏に人づきあいのいい心がかくれているのがわかるだろう。

司令コンソール群は、司令室の二段高い壇の上に設置されていた。司令室のなかでは、通常の船舶運航中は、船長またはその代理のほかに八人の乗員が勤務していた。かれらはそれぞれのディスプレイの前にすわり、各自が割りあてられた船の各機能の監視に従事していた。司令室では、司令コンソールから以外は、めったに大声で言葉が語られることはなかった。ここで勤務している者たちはシントロニクスとささやき声で会話した。

なにも知らずにこの部屋に入った者は、まるで信者たちが祈りの言葉をつぶやいている教会堂のなかに足を踏み入れたように思うかもしれない。シントロニクスは多数のプロセッサーを搭載し、ほとんど無尽蔵のマルチタスク能力をもっていた。シントロニクスは司令室にいる男女だけでなく、必要とあらば全乗員と同時に独立した話をすることもできた。

ニッキ・フリッケルはちいさな画面を何度も確認していたが、目のすみでナークトルが自分を見ているのに気づいた。彼女は突然振り向いて訊ねた。

「どうしたの？」

「あいつはなんだったんだ？」スプリンガーは訊ねた。

ニッキは肩をすくめた。

「悪魔なら知ってるかもね」彼女はいつものぶっきらぼうな態度で答えた。「サトラングでジェフリー・アベル・ワリンジャーの細胞活性装置を盗んだやつらのひとりよ。いずれにせよ、探知結果はそれと同一の特徴をしめしたわ」

「なぜ危険を冒すんだ？」ナークトルはディスプレイの画像を指さしながら知りたがった。

ニッキ・フリッケルはかれがくわしく説明するまでもなく、その問いを理解していた。

「被害報告は聞いたわよね」彼女は答えた。「あの未知の連中がどんな武器を使ったのかはわからない。でも、われわれのメタグラヴ・エンジンを破壊することが目的だったことは明らかね。損害のすべてがこの駆動エリアにあるんだから。なぜ連中はそんなことをしたのか？　《ソロン》を拿捕《だほ》したがっているのよ。また連中がすぐにあらわれても驚かないわ。連中はわれわれを麻痺させたと思っている。こんどはこっちがじっくり見物する番よ」

　彼女は探知スクリーンにすばやい視線を投げた。鬼火のように揺れ動く反射がふたたびあらわれることは、いまのところはまだない。

「壊れたエンジンでハイパー空間へ」ナークトルはつぶやいた。「それでどうなるかわからないが……」

「グリゴロフ層が崩壊する可能性もあるわね」ニッキ・フリッケルが話をさえぎった。「そうなったら、べつの宇宙に飛ばされるかも。それでも亡霊の手に落ちるよりはましよ」

　ほんのしばらく、ニッキはもうディスプレイのことを気にかけていなかった。シントロニクスはそれに気づいた。

「メタグラヴ・ヴォーテックス、五十パーセント」シントロニクスはひかえめにいった。「転送機能、起動。ハイパー空間突入まであと一一五秒」

「修理はどうなっているの？」ニッキは知りたがった。

「二体のロボットが作業中です」と、答えたが、そのあと、さりげなくつけくわえた。

「注意、亡霊船を探知！」


警笛が耳をつんざくように響き、照明が明滅した。ニッキ・フリッケルは身をこわばらせた。混乱した一瞬、彼女は数分前の出来ごとをもう一度夢のなかで見ているような錯覚におちいった。まさしく完璧なデジャヴだった。一秒ごとに画面がきらめき、オレンジ色の輝きが司令室を満たした。


彼女は気をとりなおした。夢ではなかった。予想が的中し、亡霊船はもどってきたのだ。もし、二度めの命中弾をくらえば、《ソロン》は永久に失われる。

「エネルギー・バリアは……」

「構築しています」シントロニクスはさえぎった。

「エネルギー・バリアを切って！」ニッキは叫んだ。「エンジン全開！」

「気でもちがったのか！」ナークトルはうめき声をあげた。

「エネルギー・バリア、解除」報告がきた。「エンジン稼働率、一〇八パーセント」


探知スクリーンで亡霊が踊っていた。ニッキ・フリッケルはその動きを魅せられたように目で追っていた。まるでゲームのようだった。悪魔のような命がけのゲーム。リフレックスが消えたとき、こんどはどの場所で亡霊船がふたたびあらわれるのかを推測しようとした。彼女は凍りついた。不安だった。確実にやってくるさけられない一撃を予想して、知らず知らずのうちに筋肉が緊張していた。シントロニクスの人工の声はだれにともなくぶつぶつとつぶやいていた。ニッキはもうそれには注意をはらっていなかった。いまは測定値などどうでもいい。ただひとつのことがあるだけで……

　自分になすすべがないことを、彼女はどれほど憎んでいたことか！　《ソロン》は銀河系のテクノロジーが生みだすことのできるもっとも効果的な武器を装備していた。船は自分の身を守れたはずだ。だが、探知システムがその位置を特定できない攻撃者にたいして、どうやって防戦すればいいのか？　未知なる敵の位置情報妨害処置はあまりにみごとで、プラスマイナス〇・四光分以下の精度でその位置を特定することはできなかった。

　安全ベルトがニッキを縛りつけていたが、彼女は感じなかった。両手でジョイントシートのふちにしがみついていた。神さま、あとどれくらいで一一五秒たつのでしょう？彼女の耳は聞きたいものだけを聞いていた。シントロニクスの絶えまないつぶやきはフィルターで濾過《ろか》し、ただひとつのメッセージだけを聞いた。聴覚がそれを待っていたからだ。

「メタグラヴ・ヴォーテックス、百パーセント。転送機能、起動。ハイパー空間突入……いま！」

　光学観測用スクリーンをグレイのベールがかすめていき、大宇宙の漆黒と銀河系や大マゼランの輝く星雲を消し去った。探知スクリーンも暗くなった。鬼火のように飛び跳ねる亡霊も消えた。

筋肉がためらいがちにゆるんだ。本能はこの平穏をまだ信じていない。安全ベルトの留め金がやわらかい音をたてながら開き、ベルトがホルダーに収容された。ニッキ・フリッケルはまっすぐ前を凝視していた。単調な声で彼女は訊ねた。

「グリゴロフは？」

「安定しています」シントロニクスは答えた。「危険はありません」

ニッキは、こわばった両手を背もたれのはしからはなし、ジョイントシートのうしろに深々ともたれかかって目を閉じた。

わたしはこの仕事をするには、そろそろ歳をとりすぎてきたかもしれない。

*

ＮＧＺ四四八年……西暦四〇三五年……二月二十八日、かれらは死にゆく宇宙タルカンから帰還した。タルカン遠征隊の十二隻の宇宙船と《ハーモニー》そして《シマロン》をあわせた何千名もの乗員とともに。惑星ナルナで、かれらは超越知性体エスタルトゥの復活をともに体験した。このとき《ソロン》はこの銀河系船団の仲間にくわわった。その後、《アウリガ》がＸドア宙域の《バジス》へのメッセンジャーとして派遣された。タルカン宇宙からの部隊の帰還を、なるべく早くテラの者たちが知ることができるように。

　惑星ナルナからはＸドアへと向かうはずだった。Ｘドアに着けば、《バジス》を約束の待機場所で目《ま》のあたりにするだろうとみな期待していた。だが、その途中で、運命の痛打を食らった。十四隻の船は時空を凍結させる停滞フィールドの影響範囲に入りこみ、そこからでられたのは、凍結ゾーンの外側で六百九十五標準年が過ぎ去ったあとだった。銀河系船団の船の内部では人類たちも非人類たちも最初はこのことになにも気づかなかった。かれらの考え、そしてかれらの時計では、ほんの数秒が過ぎただけだったからだ。自分たちが不可解な効果によって、何百年も先の未来へと飛ばされたことがわかるまで、しばらく時間がかかった。

　それ以来、かれらは探索をつづけていた。かれらはＸドアから五百光年はなれた場所で《バジス》の残骸を見つけた。巨船はその構成部分に分解されていた。サンドラ星系では、かれらは《バジス》乗員の一部の子孫と遭遇した。かれらは産業革命以前の技術的に未発達の状態に逆もどりしていた。また、かれらは二百の太陽の星を訪れ、四本腕の預言者、イホ・トロトの痕跡を見つけた。かれらは銀河系方向へと突き進んでいったが、人類の故郷である銀河系が不可解な壁におおわれていることに気づいて愕然とする。球状星団Ｍ‐３０内部の惑星サトラングでは、ジェフリー・アベル・ワリンジャーの死に遭遇した。かれは見知らぬ者に細胞活性装置を奪われ、殺されたのだ。その未知の者は宇宙船でサトラングを去ったが、その宇宙船は近接探知機では亡霊のようなかたちしかとらえることができなかった。

最終的にかれらは、無計画にあちこちさまよってもなにも得られないと悟った。かれらが飛びこえたほぼ七百年の年月は、明らかに、劇的かつ画期的な出来事ごとに満ちあふれていたようだ。かれらは秘密の壁にとりかこまれ、過去とのつながりを見いだすことはできなかった。この壁に突破口をあけなければならなかった。そのためにはシステマティックなアプローチが必要だった。

かれらは球状星団M－30の外側にある一点を中央集合地点にきめた。今後、銀河系船団の各船は個別に情報を収集し、結びつきを引き継ぎ、痕跡を追跡するために移動することになる。各船はミッション終了後、この集合点にもどってくる。かれらはそこをフェニックス＝1と名づけた。そしてその名がなにを連想させるかはきわめて明白だった。再生、つまりなにかがよみがえるということだ。たとえそれが予見可能な将来において、混乱した状況が解決されるだろうという単なる希望であったとしても。いいかえれば、いまのところ、絶望とあきらめの入りまじった気分が支配していた。

《ペルセウス》はジュリアン・ティフラーを指揮官として、ポイント・シラグサに向けて出発した。ペリー・ローダンとレジナルド・ブルは《シマロン》で、M－3星団へのコースをとった。かれらの意図は、ＮＧＺ四二六年にテラナーとポルレイターとのあいだで締結された同盟条約にもとづく関係を再開することだった。《ソロン》はそれとはべつの任務を引き受けていた。二百の太陽の星での出来ごととの関連で、過去の世紀にグラドという獅子族の民が局部銀河群の文明において、かなりの役割を演じていたことが知られるようになった。テラナーは西暦二四三五年にはじめてグラドという種族に出会った。二次制約者との紛争がはじまったときだ。テラナーの宇宙飛行士によって〝獅子人間〟と名づけられた者たちの故郷は大マゼラン星雲だった。ニッキ・フリッケルの任務は、グラドと友好的な関係を結び、過去七百年のあいだに、故郷銀河とその周辺でなにが起きていたのかを、かれらから知ることだった。

《ソロン》の目的地はリシュタル星系だった。恒星リシュタルの位置は、大マゼラン星雲の銀河系側のはしにあった。このＦ６タイプの恒星は十一の惑星をもち、その四番めの惑星が、グラドの自由貿易惑星アイシュラン＝ホだ。アイシュラン＝ホには星間宇宙飛行時代のはじめにグラドが定住した。リシュタル星系は銀河間の遠距離輸送ルートの中継点だった。アイシュラン＝ホがあらゆる種類の品物の積み替え場所になったのは自然の成り行きだった。この惑星でもっとも重要な都市パテンベは局部銀河群の多くの文明の所属メンバーが集まっていた。すくなくとも、そういう噂だった。アイシュラン＝ホは、過去七百年の出来ごとについての情報を集めるには理想的な場所であるように思えた。

《ソロン》は五月二十二日にフェニックス＝1を出発した。計画では、《シマロン》はポルレイターを訪問したあと、同じく大マゼラン星雲まで飛び、アイシュラン＝ホへと向かうことになっていた。正確な日程はとり決めていなかった。M－3へのミッションでは予測不可能なことが多すぎるほどあったからだ。しかし、《シマロン》は一一四三年六月のはじめにはリシュタル星系にあらわれるであろうことは予想されていた。

一一四三年。それがその年だった。かれらは六百九十五年を飛びこえたのだ！

船内は暗い雰囲気だった。銀河系船団の船のどのミッションも、本来の任務とならんで、もうひとつべつの任務があった。すなわち、故郷である銀河系を宇宙ののこりの部分から遮断している不気味な障害物を測定することである。現時点では、この障害物の性質についてはほとんどなにもわかっていなかった。銀河系への接近を試みる宇宙船は時間逆転現象に捕らわれることはわかっていた。未知のエネルギー構造をもつパルスフィールドの影響下におちいり、その結果、時が逆行をはじめる。人間の精神がこの現象に耐えられるのはほんの数ミリ秒だけだった。その後、取り返しのつかない混乱がはじまる。しかも、シントロニクスも、まだいくつかのこっているポジトロニクスも、同様にこの時の逆行にはどうすることもできず、混乱を引き起こした。この目に見えない障害物は〝クロノパルス壁〟と呼ばれた。この壁の測定も、銀河系周辺部を通過するコースをとるあらゆるミッションにおいて、もっとも緊急な課題のひとつだった。

クロノパルス壁の奇妙な点は、それと接触した者にのみ、その存在をあらわすことだった。信頼性の高い測定装置を使用しても、遠距離からではなにも検出できなかった。この壁は銀河系内に進入しようとする物体を阻止するときをのぞいて、エネルギー的には死んでいた。

銀河系船団の船が、故郷銀河の周辺部を飛行するさいにもちいている測定方法は、きわめて原始的だった。クロノパルス壁の方向へコースをとるようにプログラムされた自動操縦のゾンデを発射する。ゾンデは特製で、小型化されたメタグラヴ・エンジンを搭載している。自動操縦のプログラムは単純で、ゾンデに壁に向かって短いハイパー・ジャンプをさせるだけだった。ゾンデはある時点で爆発した。爆発は検知機によって完璧に記録された。なにが爆発の引き金になったのかはわかっていない。クロノパルス壁が時を逆行させたために自動操縦装置が混乱したのか、それとも推測されていたことだが、壁の向こうに第二のバリアがあったためなのか、これについてははっきりとはわかっていない。意見が一致しているのは、自動操縦装置が爆発した場所は、故郷銀河に進入するさいにこえることのできない境界表面の一点をしめしているということだ。

《ソロン》はフェニックス＝1からアイシュラン＝ホへの飛行中、測定するために、数回ハイパー空間から離脱した。そして亡霊船があらわれたのは、まさにゾンデを発射した瞬間のことだった。その間に測定されたいくつかのポイントは、銀河系全体をつつみこむその構造物の外形を決定するための資料としては、もちろんほんのわずかなものでしかなかった。だが、そのわずかな測定点からでさえ、気がかりな情報が得られた。すなわち、その障害物は連続的ではなく、またその表面はなめらかでもなく、窪みや出っ張りがあるということだ。銀河系のハロー領域のはしに沿って移動する宇宙船は、充分に安全な距離をおく必要があるとわかったのだ。

ニッキは亡霊船に遭遇したあと、自室に引きこもっていた。あの出来ごとは、彼女にとって想像以上につらいものだった。彼女はリラックスするためにマッサージを受けたあと、軽い食事をした。

彼女は口に入れたものを味わうことなく機械的に食べた。数年前の誕生日にナークトルとウィド・ヘルフリッチがくれたジョッキでシンソ・ビールを飲んだ。

銀河系でなにが起きたのか？　この強大な星の島をのこりの宇宙から遮断する壁を建てたのはだれなのか？　四次元連続体に滞在しているあいだ、《ソロン》のハイパーアンテナは毎秒銀河系に向けられていた。だが、雑音をのぞけばなんの音も受信しなかった。頭がおかしくなりそうだ。壁は明らかに、銀河系から出ていこうとしているどんな電波信号をも遮断していた。その一方で、ゾンデの爆発はハイパーエネルギー性の方法をもちいて、なんなく検出できた。いったいどのように構築されているのだろう？　クロノパルス壁の性質を理解しようとする試みは、人間の知力では理解できない技術から産まれたという認識に、必然的に到達した。

　シンソ・ビールを四杯飲んだあと、酔いの助けを借りて、ニッキ・フリッケルは自分を苦しめるすべての考えを、後悔することなくわきに置くことができるまでになった。彼女はもう一度、シントロニクスと連絡をとった。そして、メタグラヴ貯蔵庫と電力変成器の修理がはかどっていることを知って、ほっとした。

　すっかり安心し、苦労することなく眠りにおちた。

2

「ようこそ、星々の放浪者、自由の世界へ」きわめて愛想のいい声が、もったいぶった調子でいった。言葉はインターコスモだった。《ソロン》はテラナーの宇宙船であることを申告した。「アイシュラン＝ホの住民はみな、あなたがたの友です。わが家にいるのと同じようにくつろいでください。むずかしいことはありませんよ。アイシュラン＝ホほど客人を心から歓待するところはありませんから。水晶のように澄んだ水と緑の森の世界であるここほど、のびのびとして束縛のないところはありませんからね」

ニッキ・フリッケルは言葉が受信機から流れてくるあいだ、あざけるように、にやにや笑っていた。目に見えない話者が話しおえると、彼女はいった。

「これまでに、これほど温かく迎えてくれたところはほかにはないわ。でも、いまは顔があって、わたしにいくつか情報をくれるだれかと話がしたいの。テラの宇宙船《ソロン》の船長、ニッキ・フリッケルよ。宇宙ハンザから公的任務を授かっています！」

映像フィールドがあらわれた。グラドの上半身と頭蓋だ。ひろい顔の上部にせまい額があり、波打つ黄褐色の長髪におおいかくされていたが、それはグラドの〝獅子人間〟というあだ名のもとになったこの種族の特徴だった。鼻はぺしゃんこで平べったかった。目はくすんだ琥《こ》珀《はく》のようで、ネコ科のような切れ長の瞳孔をしていた。見たかぎりでは、グラドはラフな服装をしており、役職がわかるバッジもつけていなかった。

「パテンベ港湾管理局のヤイヴァードク監督官だ」流暢《りゅうちょう》なインターコスモで自己紹介した。かれは冷淡な印象をあたえた。そして、テラナー船の来訪にたいして、あの大げさな歓迎の言葉から期待されるほど感激しているようには見えなかった。「パテンベに着陸したいのであれば、こちらから誘導ビームを送る」

「こんにちは、ヤイヴァードク、そして、あなたの熱意に讃《たた》えあれ」ニッキ・フリッケルは答えた。「そもそもわたしが二十万光年という、ごく短い距離をやってきたのは、あなたたちの美しい町を上から見物するためだけだったの。でもいまあなたがとっても親切に招待してくれたから、よろこんで着陸することにするわ」

「では、そちらに誘導ビームを送ろう」監督官は無感動な口調でいうと、接続を切ろうとした。

　ニッキはすばやく立ち向かった。

「そんなにあわてないで、熱心な友、ヤイヴァードク」彼女は大声でいった。「すでに説明させてもらったんだけど、わたしは宇宙ハンザを代表してきているの。わたしはアイシュラン＝ホ政府の正式な代表と面会したいのよ」

ヤイヴァードクはあっけにとられて、目をぱちぱちさせた。

「わたしは港湾管理局の監督官だ」かれは答えた。「パテンベ宇宙港の交通が円滑におこなわれるようにするのが仕事だ。政府だとかそういったものとはなんの関係もない。もし貿易の件できたのなら、星間商人ギルドと話し合ってくれ」

「貿易のことは考えていないわ」ニッキ・フリッケルは相手の考えをはねつけた。「わたしは銀河間政治の件できたのよ。アイシュラン＝ホにも政府や大統領や議会や、そのほかなにかあるはずでしょ」

「そうかもしれない。だが、わたしはそれらとは関係がない」監督官は不機嫌そうに答えた。「誘導ビームがいるのか、それともいらないのか？」

「ビームを送って！」ニッキは腹立たしげに叫んだ。「あなたの親切に、ブラックホールの神々が報いをあたえてくれますように」

＊

ゲルカン大陸は、赤道の両側に八千キロの長さでひろがっていた。北緯約二十二度のところにある北海岸に、この惑星の最大の都市であるパテンベがあった。密林でおおわれた高い山々が内陸から海のすぐそばまで迫っていた。パテンベは興味深い複合都市だった。町がそびえたっている土地は文字どおり、山から切りはなされたようなかたちをしていた。家々は極端な岩の露頭の上に建つか、あるいは張り出した山壁の下にもぐりこんでいるか、そのいずれかだった。道路は尾根や裂け目を縫うように大胆なカーブを描いている。平地はほとんどない。街は山の岩だらけの斜面にはりついていた。そして、アイシュラン＝ホが惑星学の観点からするとはげしい地殻活動をともなう若い世界であることを知った異星からの訪問者は、思わず息をのむ。パテンベは、きっかけを待っているカタストロフィだったのだ。

　宇宙港は市の南側の、雪におおわれた峰々にかこまれた高原にあった。面積は千五百平方キロメートル以上。《ソロン》の高性能計測装置は、その広大な土地に停泊しているさまざまなタイプの宇宙船が八十三隻あると数えた。最大のものは古い洋梨型のグラド船だった。膨張した船尾から突き出た二本の油圧支柱のリングの上で、五百メートル以上の高さにそびえていた。ニッキ・フリッケルはこの洋梨型船がもはや現役ではなく、記念碑的な存在としての役割を果たしていることを、あとになって知った。七百年にわたる開発が、グラドの宇宙飛行技術にその足跡をのこしていたのだ。

　到着する宇宙船をその着陸地点まで導いていく誘導ビーム方式は、非常に効率的であることがわかった。《ソロン》は羽毛のようにそっと静かに下降し、船体の下にあるステイシス・ジェネレーターによってつくられた衝撃フィールドの揺りかごのなかに心地よく横たわった。球形の船体の下部ポールは、かたいガラス状の着陸地点の八メートルの高さに浮かんでいた。ポールの下には、宇宙港の地下輸送・交通システムにつながるシャフトが垂直に開いていた。すべてが非常に有意義で理にかなった設備だった。この施設はもっとも近代的なテラナーの設備と比較しても、遜色《そんしょく》のないものだった。

ウィド・ヘルフリッチは司令コンソールのうしろのシートで、骨ばった長身をだらしなく伸ばしていた。このやせた男の視線は、光学観測器のモニター画面に向けられていた。恒星リシュタルは天頂に達していた。熱い空気がフィールドのガラス状のコーティングの上でゆらめいていた。熱気のために、遠くのほうはまるでひろい水面のように見えている。

「いやな予感がする」ウィドは考え深げにいった。「ここはなにかが変だ」

ウィド・ヘルフリッチはナークトルと同じく、ＬＦＴ第二艦隊が、忘れがたいブラッドリー・フォン・クサンテンの司令下でワイゲオ島に拠点をもっていたころから、ニッキ・フリッケルの仲間だった。ウィドは長身痩軀《そうく》で、信じられないほど長くて細い腕をしており、そこから両手がまるでシャベルのように垂れていた。その角ばった頭蓋は、からだのほかの部分に比して育ちすぎのように見えた。大きい口の薄い唇を開くと、入れ歯があらわれたが、農耕馬でさえ面目をほどこしたかもしれない。ウィドは醜男《ぶおとこ》だった。そして、知恵にあふれた格言を自分のものであるかのように口にする傾向があり、時にはうんざりさせられた。それでも、かれは良き友であり、信頼できる仲間であり、とりわけ、非凡な知性の持ち主だった。

「いやな予言をしないで」ニッキはいった。「そうじゃなくて、なにが気になるのかいいなさいよ」

「宇宙船の数がすくなすぎる」ウィドは答えた。「自由貿易惑星なら、すくなくとも、あと五倍はいるべきだ」

「たぶん銀河系が封鎖されてからは、それほど手びろく貿易してないからじゃないの」ニッキは推理した。

「たしかに、それが原因かもな」ウィドは賛意を表明した。「そう考えると、われわれが宇宙ハンザの依頼を受けてきたっていうちっちゃな嘘は、あんまりプラスにはならなそうだな」

「とんでもない」ニッキはその考えをはねつけた。「宇宙ハンザは銀河系の内外で活動してたのよ。銀河系外の支部はいまも存在して、交易をつづけてる可能性があるわ」

「ははあ、じゃあ、港湾局の監督官が、きみのパフォーマンスにあんまり感激しなかったのは、なぜなんだ？」

「知るもんですか！」ニッキは肩をそびやかした。「たぶん、テラナーを好きじゃないからよ」

「かれはわれわれを信じていないんだよ」ウィド・ヘルフリッチはいった。「つまり、われわれは自分たちのいうことに用心しなければいけないということ。いいか、大マゼラン星雲では宇宙ハンザは二、三世紀前に消滅したと考えられているって想像してみろよ。そのときは、われわれはどうなる？」

ニッキは椅子から跳びあがった。

「ウィド、あなたは心配しすぎ」彼女はいった。「わたしたちがここにきたのは、過去についての情報を集め、この地の政府と公式に接触することよ。わたしは両方ともやるわ。それにはまず、船から出て、町のどこかに宿泊場所を探さなくちゃね。《ソロン》には交代制で、十人からなる基幹要員だけのこる。それ以外の者たちは上陸してよし」

彼女はシントロニクスの通信用サーボが鈍く輝くエネルギー構造体となって空中に浮かんでいるところに向かってそういうと、振り向いた。そして力をこめていった。

「わたしの指示は船内に伝わったわ。さあ、計画どおり前に進みましょう」

*

入国手つづきをする必要はなかった。アイシュラン＝ホは自由貿易惑星であり、とくに、〝自由〟に重きを置いていた。受付用の大きい建物は、港湾地区の北のはしにあり、訪問者たちに近代的なコミュニケーションおよび交通技術のあらゆる手段と可能性を提供していた。《ソロン》の乗員たち総勢五百名の男女、および非テラナーの男女たちは、グループにわかれて船からおりた。町での分散と宿探しは、個々のグループにまかされた。ひとりひとりが住民と接触し、過去七百年のあいだに起きた出来ごとについての情報を集めることが任務だった。チームのメンバーたちは、自分のコンビネーションのなかに通常の技術的な装具を身につけていた。それにはラダカムのマイクロトランシーヴァーがふくまれている。ニッキ・フリッケルが緊急時にパテンベの公共の通信手段に頼ることを望まなかったからだ。

　ニッキの一団には、ウィド・ヘルフリッチとナークトルのほかに、二十人の乗員が所属していた。かれらは受付用建物の大ホールに集合し、まず最初に無数にある両替所のひとつに向かって進んでいった。そこの仕事は異人に適切な代価と引き換えに、現地での有効な支払手段を提供することだった。ニッキは裏方に徹することに決めていた。ウィド・ヘルフリッチがグループのスポークスマンをつとめた。オフィスはちいさな部屋にわかれていた。それぞれの顧客には個別のアドヴァイスが提供される。そのアドヴァイスは生身の存在、おもにグラドによっておこなわれた。ロボットには金銭業務はまかせられないという古い偏見がいまなお生きていたからだ。

　部屋にはかろうじて三人が入れるスペースしかなかった。ほかの二十人は外で待っていた。合成音声が、ニッキ・フリッケル、ウィド・ヘルフリッチ、ナークトルに席につくようにと勧めた。数秒後にうしろのドアが開いて、年配のグラドが入ってきた。身長は一メートル七十センチはあるだろう。黄褐色のたてがみにはグレイの髪房が混じっていた。Tシャツに似た上着から筋肉質の毛深い両腕がむきだしになっていた。ズボンは金属のような光沢のある素材でできていて、膝下《しっか》で結ばれている。足はサンダルばきだった。この年配の顧客アドヴァイザーは高価なきらきら光るスペクトルム金属のネックレスを何重にもつけていた。まるで二度めの青春を謳歌しているかのように見えた。

「わたしはレングポナムという。外貨両替の専門家だ」かれは自己紹介した。「どんなご用ですかな？」

ウィド・ヘルフリッチは、いつもの決まり文句で答えた。すなわち、たったいまアイシュラン＝ホに着いたところで……二、三週間滞在し、商取引の可能性があるかどうか見てまわりたい……現地通貨は持参してきていない……などなど。

「それは問題ありません」レングポナムは答えた。「思うに、あなたがたはわれわれにとって価値の高い外国製品をもってきているでしょうから」

「そのとおりだ」ウィドはいい、自分のコンビネーションのポケットを探りはじめた。

「一流のハイテク製品だ。ミニマイクロデザインのシントロン用フィールドスタビライザー、チャンネルセレクター、固定プログラム化されたトラブルシューティングモジュール……」

　ウィドは最後に、透明な物質からできた三つの小箱をとりだし、デスクの上に押しだした。レングポナムはそのちいさな容器を順ぐりに手にとり、箱をあけもせずに中身を調べた。ニッキ・フリッケルはかれを注意深く観察していた。グラドの顔に奇妙な表情が浮かんだ。かれは母国語でひとことつぶやいた。そのあとで、テーブルの一部が両側にさっと開き、プロジェクターがあらわれた。レングポナムは小箱をオブジェクトプレートの上に置いた。部屋の照明が自動的に暗くなる。側壁にプレートの上の映像があらわれた。グラドは小箱の中身がはっきりと見えるまで焦点を調整し、何十倍にも拡大した。

「お客さまと議論すべきではない」レングポナムは奇妙な口調でいった。「それがわれわれの商売の鉄則です。これらはどうやらあなたのいうとおり、シントロン用フィールドスタビライザー、チャンネルセレクター、トラブルシューティングモジュールのようだ。でも、第一級のハイテク製品ではありませんな」

　プロジェクターは自動的にスイッチが切れた。レングポナムはプレートから小箱をとって、テーブルの上に置いた。プロジェクターは折りたたまれ、姿を消した。そのあいだに、天井の照明はふたたび明るくなっていた。グラドはお辞儀をし、両腕を組んだ。

「友よ、残念だが、博物館事業はわれわれにとって危険が多きすぎる」かれはいった。

「わたしには……よくわからない」ウィド・ヘルフリッチはつっかえながらいった。

「なぜ、博物館事業なんだ？」

　レングポナムはばかにしたような身ぶりで、小箱を指さした。

「四、五百年前なら、この代物でもいい商売になったかもしれない」かれは説明した。「だが、きょうび……」かれは左手を空中ですばやく動かした。その手ぶりは人間でいえばかぶりを振るのに相当した。「ぜんぶ価値のないものだ。博物館といったのは、もちろん冗談にすぎません。博物館でさえ、こんなものに興味はもたないはずだ。古くはあるが、コレクションにするほどの古さではない」

　ウィドは度肝を抜かれるあまり、もはやなすすべを知らなかった。

「すみませんでした」ニッキ・フリッケルがいった。「われわれの技術がそんなに時代遅れだとは知らなかったわ。貴金属類はどうかしら？　金やプラチナは？」

「金には使い道がない」グラドは答えた。「プラチナはだいじょうぶ。でも、すくなくとも五十パーセントはアイソトープ一九〇の必要があります。同様に、オスミウム一八四も非常に需要が多い。もし、それをもっているなら……」

　かれは三人の客を順ぐりに見つめた。かれらは当惑した目でたがいに見かわした。ナークトルは冗談めかしていった。

「オスミウム一八四はちょうどいま切らしてるんだ。だがそれ以外に、わたしはブラウンズビルの第一連邦銀行に口座をもっている。もちろんＩＤカードも。しかも口座にはまだすこしのこっている」

　レングポナムは椅子で、ぎごちなく上体を起こした。刺すような目つきをしていた。

「ブラウンズビル」かれはくり返した。

「テキサス管区」ナークトルはうなずいた。「テラ」

「それで、あなたはいま、そのＩＤカードを持っているのか？」

　スプリンガーのナークトルは左胸ポケットのジッパーをもどかしげにあけると、すぐにかたいプラスティック素材からできた四角形でむらさき色のカードをとりだした。

「いつでも持っている」かれはつぶやいた。「銀河系外のどこかに支店が開かれたかもしれないからな」

　レングポナムはカードを受けとった。ニッキ・フリッケルはかれの手が震えているのを見た。

「これのかわりになにがほしい？」かれは訊ね、興奮をかくそうとむだな努力をしている。

「そうだな、わたしの記憶が正しければ、口座にはたしか九十八ギャラクスあったはずだ」ナークトルはゆったりといった。「それに利子をくわえると……」

「十五万レングイ」ニッキ・フリッケルが口をさしはさんだ。

　レングポナムはぎくりとした。かれはいらだたしげにテラナー女性をじろじろ眺めた。

「この男がカードと引き換えにどれくらい所望しているのか、あなたに決められるのか？」

「彼女にはできるよ」ナークトルはうなずいた。「だから、百五十カーではどうか？」

グラドは唾《つば》をのみこんだ。

「百以上は出せない」かれはやっとの思いで口にだした。

「百三十」ニッキは要求した。

レングポナムは自分の商売のことはよく理解していた。かれは悲しげな面持ちで身を起こし、なかなか話を切り出さなかった。たった一枚きりのＩＤカードのために、そんなに多くははらえない。そうでなくても、口座には九十八ギャラクスしか入っていないのだ。だが、ニッキは譲歩しなかった。そして最終的に取引は成立した。売られたのはナークトルのカードだったが、このスプリンガーは全額がニッキ名義の口座にはらいこまれることに反対しなかった。ニッキのＩＤカードは色だけがピンクなのをのぞけば、ナークトルのブラウンズビルにある第一連邦銀行のＩＤカードとそれほどちがっていなかった。

「いい取引ができたわ」ニッキ・フリッケルは立ちあがったあとでいった。「もうちょっとがんばったら、十五万レングイもらえたかもしれないわね。ひとつだけ教えてちょうだい。どうしてテラの銀行のＩＤカードにそんなに需要が多いの？」

「めずらしいからさ」レングポナムは苦しげに息をした。かれはこの客たちを、できるだけ早く追いはらいたかったのだろう。「すばらしい収集品になるのだ」

「口座をからっぽにするほどのものなの？」ニッキは訊ねた。

グラドは仰天したような身ぶりをした。

「ご先祖の加護に感謝を！」かれはあえいだ。「どうしてそんなことが起きる？ それには、天の川銀河まで旅をしなければならないんだぞ。そんなことはここ何世紀も、だれも成功していない」

かれらが両替所から出たあと、ニッキはコミュニケーション・ボックスに入った。そこにとりつけられた機械には見向きもせず、彼女はポケットからマイクロコムをとりだし、船内通話システムのスイッチを入れた。何秒もしないうちに、ちっぽけな表示盤に、数十のグリーンの光点が輝いた。ニッキはみなに伝達した。

「ハイテクのがらくたは忘れなさい。あなたたちの銀行カードを売り飛ばすのよ。でも、ぜったい十万レングイ以下で売っちゃだめ」

*

〃タイムレス・ホテル〃は息をのむような急斜面を登る道の途中にあった。建物は正方形の間取りをもつ立方体をしていた。谷に面したファサードは高さ六百メートルあったが、山側は四百二十メートルしかなかった。それほど急勾配だったのだ。

ニッキ・フリッケルは同行者たちと部屋を借りた。そのホテルは市内でもっとも高級なホテルのひとつだとされていた。

二十三人で泊まるにはひと晩で千八百レングイを支払わなければならない。宇宙ハンザの公式代表の地位にある者として、この多額な支払いは必要経費だとニッキは考えた。

ホテル全体がそれ自体ひとつの都市だった。低層階にはいくつもの店舗があり、宿泊客のよろこぶようなものはなんでも売っていた。自由貿易惑星であるアイシュラン＝ホは、考えられるかぎりの、あらゆるタイプの訪問客たちがくることを予期していた。ニッキ・フリッケルはその日かぎりの服……いわゆる使い捨ての服……をなんなくととのえることができた。この種の買いものができるおかげで、現代の旅行者たちは重い荷物をもち歩く必要がなくなったのだ。

ニッキは三部屋からなるスイートルームを借りた。彼女は習慣にしたがって、宿泊場所に聴覚的あるいは視覚的な監視機械がないかを調べ、そのいずれもがないとわかり、満足した。彼女は入浴し、軽い食事をとった。そうこうするうちに、午後の半分が過ぎていった。アイシュラン＝ホでは一日が二十六・四三標準時間の長さがあった。グラドの労働習慣についてはあまり知らなかったが、とくに役所には、規則正しい労働時間があると考えなければならない。つまり、彼女が最初の接触をおこなうには、あと二、三時間しかなかった。

スイートルームの通信ポートはすべての公共情報システムにすばやくアクセスすることができた。もちろんパテンべの情報ネットワークでは、局部銀河群のすべての重要な言語が話されていた。ニッキ・フリッケルとそのチームは、フェニックス＝1を出発する前に効率的なヒュプノ学習装置でグラド語を学び、獅子人間の言葉を流暢に使いこなすことができていた。しかしニッキ・フリッケルには、ふたつの選択肢が提示されると楽なほうを選ぶ癖があった。さらにまた、宇宙ハンザの公認使節はインターコスモを話すべきであり、現地の言語を使用することによって相手にとりいろうとしていると思われたくなかった。

公的な情報の取得に関しては、官公庁や政府機関など、港湾管理局の監督官ヤイヴァードクがいったのと同じぐらいで、ほとんど情報がなかった。ニッキは苦労して、公安局というものが存在していることをつきとめたが、一時間半前に業務を終了していた。異星からの来訪客が直面するすべての問題にたいしては、異人対応局なるものが扱っているらしいが、詩的に〝守護者隊〟と名づけられていた。いや、こいつらは守護者とはなんの関係もないとニッキは思った。大統領も首相も、あるいは事務局長もいないとすれば。いったいここアイシュラン＝ホでは、だれが政治をおこない、法律が遵守《じゅんしゅ》されるよう監視しているのか。

「それはそもそも円卓会議の執行部のかたがたのことをさしているのではないでしょうか」人工的なインフォメーションの声が説明した。

ニッキの心の目に、威厳のある高齢の人々が晩にくつろいだ集会を開き、サラダとワインのあいまにすこしだけ政治の仕事もかたづけているイメージが浮かびあがった。

「円卓会議と呼ぶことにするわ」彼女は啞然としながら答えた。「その人々には、どうやって連絡をとるの？」

「事務局長に問い合わせます」

「わかった。その電話コードを教えてちょうだい」

画面に一群の記号があらわれた。通信ポートのメモリにコードが保存されたことを示すサインが点灯した。ニッキが接続を支持すると、その数秒後、画面にきちんとした身なりのグラド女性の姿があらわれ、グラド語でこういった。

「バーインタヴと申します。円卓会議執行部事務局長の秘書です」

ニッキは自分の名を名乗った。

「宇宙ハンザから委任されてきました」彼女は説明した。「執行部事務局長とお話ししたいのですが」

ニッキはこの女性と同じ言葉で話した。べつにとりいろうとしたわけではない。ただわけもなく相手を怒らせても無意味だからだ。誤りも癖もないニッキの完璧なグラド語にたいして、バーインタヴはさして感銘を受けたようすはしめさなかった。

「どういったご用件で？」バーインタヴは冷静に訊ねた。

「ハンザとアイシュラン＝ホ政府とのあいだに公式な関係を築く件です」

「まさに、その点について、事務局長と話がしたいのよ」ニッキはいい、自分の忍耐がしだいに切れかかっているのを感じた。

「信任状はおもちですか？」バーインタヴは知りたがった。

「それは、事務局長にお見せします」ニッキは眉ひとつ動かさずにいった。《ソロン》の船上技術を使えば、きっと、ハンザ信任状だと称するだけのなにかを生みだすことができるはずだ。

「わかりました」バーインタヴはいった。「事務局長との話し合いを予約しておきましょうか？」

「お願いします。わたしの時間はかぎられています。できれば今夜か、あすの早朝にしてほしいんだけど」

バーインタヴは目を大きく見開いた。ニッキがグラドのふるまいについての講義を思い出すかぎり、それはあざけりのにやにや笑いに等しいものだった。

「事務局長は国外に出張中です」秘書は重々しい口調で説明した。「最短で、予定日は三週間後になります」

ニッキ・フリッケルは宇宙飛行士の悪名高い呪いの言葉を口にしそうになり、苦労してなんとかそれをのみこんだ。バーインタヴに答えたとき、その声はこわばっていた。

「それ以前がだめなら、三週間後にするしかないわね。メモしておいてちょうだい」

3

ニッキ・フリッケルのスイートルームから、ちいさなロビーまではわずか数歩で行けた。そこでは、困惑した客を、この大きな塔状の建物の上層階または低層階へ送りとどける十二台の反重力リフトが用意されていた。ニッキは疑わしげに、ひとつのリフトの入口に近づき、この奥でなにが起きているのかを知ろうとした。彼女に見えたのは、輪郭がぼやけた影のような光が上または下へと滑るように動いていくようすだった。ここでは、個々のリフトが同時に両方向に極性をあたえられているだけでも、ニッキには奇異に感じられたが、それ以上に、上下に浮き沈みする影には混乱させられた。階段を使うべきかどうか悩んだが、八十三階にいることを考えると、あまり気はすすまなかった。

そのとき彼女は声をかけられた。

「グラド語は話せますか？」快い響きをもつ声がいった。

ニッキ・フリッケルはあたりを見まわした。ロビーには彼女ひとりしかいなかった。

だが、銀色に輝くサーボの球体が近くで漂っていた。

「ええ」彼女は答えた。

「どうやら、わたしたちのデグラヴ・システムにはなじみがないようですね」サーボは用心深くいった。「お教えしましょうか？」

「すてきな考えね」ニッキは褒《ほ》めた。「わたしは一階までおりていきたいの。どうすればいいのかしら？」

「いまおっしゃったように、わたしに自分の希望を伝えてください。そして、リフトのなかに入りましょう」

「で、なにが起きるの？」

「リフトはあなたを目的地まで安全に導く個別のデグラヴ・フィールドを作成します」

「まあ！　じゃあ、リフト内で漂っている光るものはなに？」

「ほかのお客さまです」サーボは答えた。「個別のデグラヴ・フィールドが、そのお客さまを完全につつみこみます」

「もし途中で、わたしがほかのことを思いついたらどうなるの？　一階ではなく百階にあがっていきたくなったら？」

「かんたんなことですよ」サーボはいった。「ご自分の希望を表明すればいいだけです。それでは、わたしが目的地までお連れしましょう」

「で、あなたはインターコスモを話せるの？」ニッキはインターコスモで訊ねた。

「わたしは六十八の異なる言語を話せます」銀色の球体は天の川銀河のリンガ・フランカで答えた。「これまで意思の疎通ができなかったお客さまはどなたもいらっしゃいません」

「それはすごいことね」ニッキはつぶやき、リフトのなかに入った。

まるで、足もとにかたい地面があるかのようだった。個々のデグラヴ・フィールドは彼女をつつむカプセルのようだった。彼女は両腕を伸ばし、堅牢な物質でできているように感じられる透明な壁に触れた。彼女は多数の出入口の前を通り過ぎた。ほかのリフト客の光る影が彼女のそばを滑るように上に向かって動いていく。最初の困惑から立ちなおったニッキは、実験をしてみたくなった。

「もっと早くできる?」彼女は訊ねた。

「五秒で、目的地までお連れできます」との答えが返ってきた。「そうしますか?」

「ええ」

影とリフトの出入口は幅ひろい光の帯となり、息をのむような速度でニッキのそばを流れていった。彼女は引っぱられるような動きも、また、急激な落下のさいに通常なら起きる無重力状態の不快感も感じなかった。さらにブレーキ操作にもまったくなんの影響もなかった。

「一階です」サーボは伝えた。

ニッキ・フリッケルはリフトの出入口に立っていた。見まわしたが、銀色の球体は消えていた。

「ありがとう」ニッキはいった。答えはなかった。

ひろいエントランスホールは活気に満ちていた。両マゼラン星雲、アンドロメダおよび三角座銀河、そして銀河系の偉大な文明の代表がすべてここにいた。ニッキはパテンべが新銀河暦十二世紀にあって、銀河間関係の舞台ですくなくとも七百年前のテラニアと同じくらい重要な役割を演じていることに気づいた。すこしばかり羨望を、そして嫉妬を感じた。一一四三年の地球はどうなっているのだろう？

彼女はウィド・ヘルフリッチとナークトルがフォームエネルギーからなる浮遊するプラットフォームの上のテーブルにすわっているのを見つけた。プラットフォームは床から二・五メートルの高さにあり、空中に浮いていた。ニッキはそこに行く道を探したが、むだだった。ふたりの男は、彼女の狼狽《ろうばい》ぶりを見て、明らかに意地悪なよろこびを感じているようだった。

「どうやったらそこまで行けるの、ネズミたち？」ニッキは腹立たしげに訊ねた。

「願いを言葉にするだけでいいんだ」ウィドが答えた。

「ほんとうなの？」彼女は訊いた。

「ほんとうです」彼女のうしろで柔らかな声が答えた。振り向く必要はなかった。うしろには、サーボの銀色の球体が浮かんでいることが彼女にはわかった。

「わかったわ。わたしをあそこまで連れていって！」

反重力フィールドの適度な強さの吸引力が彼女をとらえ、プラットフォームのはしまで安全に運んでいった。ニッキはテーブルのふちにしがみついた。よけいな重さがくわわったせいでテーブルが揺れはじめるのではないかと恐れたからだ。だが、そのようなことは起きなかった。ニッキは安堵の吐息をつきながら、三つめの椅子に倒れこんだ。

「くそったれのテクノロジー！」彼女は不平をいった。「息切れしちゃうわ」

「七百年は長い年月だ」ウィド・ヘルフリッチは哲学的に答えた。「われわれが停滞フィールドに閉じこめられているあいだも、発展はとどまるところを知らなかったわけさ」

*

飲み物はちいさなサーボプレートで運ばれてきた。このバアは銀河系内の顧客たちの好みを知りつくしていた。テラのマンハッタンはトプシダーのエクナス同様に完璧につくられていた。ビールはまるでミルウォーキーで醸造されたような味がし、そして、どうしても惑星アパスの準致死性ヴァイアレンガがほしいときは、自費で支払うことになる。

　三人はアイシュラン＝ホの用心深い官庁と、パテンベで情報を探索するもっとも有望な方法について話し合った。ひろいホールには約二十のプラットフォームが浮遊し、そのすべてがさまざまな背景をもつ宿泊客たちで占められていた。フォームエネルギーでつくられたプラットフォームは、宿泊客の要望に合わせて必要に応じて作成された。何分か前、ニッキ・フリッケルは一見なにもないところから、長さ八メートル、幅五メートルの大きな楕円形のプラットフォームが生まれるのを目撃した。テーブルと椅子がまたたくまにできあがり、そしていま、満足げなテフローダーの大酒のみの一グループがごちそうを食べていた。

「そろそろ出かけて、住民たちのなかに紛れこんだほうがいいと思う」ナークトルがいった。「パテンベでは、みなかなり楽しくやっているようだ。コンタクトをとるのは、それほどむずかしくないだろう。ただ、ここの雰囲気はすこし堅苦しすぎる」

「うしろを見るんじゃないぞ」その瞬間、ウィド・ヘルフリッチがささやき声でいった。「小柄なグラドがいる。われわれにとても興味をもっているようだぜ」

　かれらは話しつづけた。ほんの数分後、ニッキが偶然をよそおって横を向き、ウィドがいっていた方向に目をやった。床から三メートルほど上を浮遊しているちいさなプラットフォームがあり、そのテーブルには銀白色の濃いたてがみをもつ小人のような体格のグラドがひとりですわっていた。ただ、気づかれまいとした彼女の試みは失敗に終わった。グラドはまっすぐ彼女の方向を見ていた。そして、ニッキがかれを見ているのに気づくと手をあげ、親しげに合図した。

　彼女はそれには応じず、ふたたびふたりの連れのほうを向いた。

「基本的にはナークトルの提案に賛成よ」彼女はいった。「まもなく暗くなってくるわ。市内のあまりお高くとまってない界隈を見てまわり、どこかで気楽に夕食をとって、地元の人たちとおしゃべりをするべきね」

「かれがきた」ウィド・ヘルフリッチがいった。

「だれがきたって？」

　彼女は振り向いた。小柄なグラドをのせたプラットフォームが動きはじめていた。それは近づいてきて急に降下し、三人の《ソロン》乗員たちと同じ高さになった。フォームエネルギーでできた双方の形成物が低速でぶつかったとき、すこし衝撃があった。

「わたしをあつかましいと思わないでほしい」銀白の男は話しはじめた。「だが、どうやら、あなたたちはよそ者らしい。見たところテラナーのようだ。つまり、そこの赤い髪の人はもちろんスプリンガーだ。故郷からはなれてから、もうどれくらいたつのかね？」

「そういうあなたはどなたかしら？」ニッキ・フリッケルは、それほど親しげでもない口調で訊ねた。「そして、なぜ？」

「すまなかった！」小柄な男はすっかり当惑し、へりくだった態度をとった。「わたしの名はベルトララムだ。たぶん、気づいていると思うが、シャンガントの民の一員だ。職業は媒体伝達士。そして、あなたたちが故郷の情報に興味があるのではないかと思ったのだ」

　シャンガントはグラド種族の分派であり、小柄でアルビノが特徴の種族だった。遠い昔、かれらはグラド社会のなかに思想家と科学者の階級をつくりあげた。現在、それらの者たちがどんな役割を演じているのか、ニッキ・フリッケルは知らなかった。

「もう長いあいだ故郷には帰っていないわ」ニッキはいった。「年数がかぞえられないほど長いあいだ。あなたはテラの情報をもっているの？」

「手に入れることはできる」ベルトララムは答えた。

「どうやって？　銀河系は封鎖されているのよ。なにも入れず、なにも出てこない。あなたの情報源はどういうものなの？」

　シャンガントの男の目がいわくありげに、きらきら輝いた。

「超高周波ハイパー放射線のことを聞いたことがあるかね？」かれは声を押し殺して訊ねた。「それはニュートリノのように偏在している。その速度は光の何十億倍も速い。超高周波ハイパー放射線はあらゆるものをとらえる。なにものもそれからかくれることはできない。天の川銀河をとりまく壁も、それにとっては透けて見えるのだ」かれは上体を前にかがめ、さらに声を低めていった。「媒体伝達士のギルドに属するわれわれは、それを〝フクラル〟と名づけた。それがなにを意味しているかわかるかね。つまり、それは根源的な力なのだ。それは宇宙をひとつにまとめているものであり、そこからほかのすべての力が生じるのだよ。わたしはただテラの方角からくるフクラルの流れをとらえるだけでいい。そうすれば、あなたのもとめている情報はすべて得られる」

　ニッキ・フリッケルは不機嫌になっていた。招かれもしないのに友たちとの会話をじゃまされるだけでも不快だった。まして、ばかにされているらしいことに、すっかり腹を立てていた。

「フクラルの放射が光より速く伝わるのなら」彼女は興味をもっているふりをしていった。「じゃあ、過去と現在のことだけでなく、未来のことについても、たぶん答えられる。そういうことね？」

　ベルトララムはぎくりとした。だれかがニッキの言葉を聞いていたかもしれないと怖れ、かれはあわてて周囲を見まわした。

「そんな大声を出さないで！」かれはシューシューと音をさせて不満をあらわした。

「媒体伝達士は、どの時代ならアクセス可能かについてはぜったいに口外を許されない。だがここだけの話だが、あなたの推測はかなり真実に近い」

　ニッキはやっとの思いで自分をおさえた。

「テラの最新情報を知るには、なにをすればいいの?」彼女は訊ねた。

「アポイントメントをとって、約束の時間にわたしの研究所を訪ねてくるといい」

「この件では、多少、費用がかかりそうね」

「ああ、もちろん!」ベルトララムは顔を輝かせた。話題はかれにとってきわめて切実な問題に触れたのだ。「わたしの得られる利益はごくわずかだが、設備は維持しなければならないのでね。それには費用がかかるのだよ」

「どれくらい?」ニッキは訊ねた。

「謝礼は降霊会にかかった時間と難度しだいだ」ベルトララムは答えた。

「降霊会?」

「まあ、われわれはそう名づけている」ベルトララムは困惑したようにいった。「その呼び方が気にいらないなら申しわけない。ほかの言葉を使ったほうがいいかもしれないが……」

「いちばん安い降霊会で、いくらかかるの?」ニッキは訊ねた。

「二千レングイ」

ニッキ・フリッケルは身がまえた。彼女の忍耐もそろそろ限界だった。こんどは、この数分間にテラナー女性の胸中にたまっていたことを、この媒体伝達士が聞く番だった。

「いいたいことがあるわ、わが友、ベルトララム……」ニッキは語りはじめた。

「おもしろそうだな」ナークトルがいった。「日を決めてくれ、ベルトララム、あんたの降霊会に参加するから」

＊

騒々しく、空気は名づけがたい臭いに満ちていた。そこには浮遊するプラットフォームも自動給仕機もなく、簡素な床に固定されたテーブルがあり、通路をころがりながら注文をとっては料理と飲み物を提供し、なによりもＩＤカードで食事代を口座から引き落とす小型ロボットがいた。そのレストランは〝異人のオアシス〟と名乗っていた。浮遊するネオンサインは〝あらゆる銀河のすべての美食家たちの集う場所〟と宣伝していた。だが、この店のお客は主としてグラドたちだった。ところどころに現地人以外のちいさなグループが数組いるだけで、まるで自分の家か先祖代々の家がテラであるといった風情《ふぜい》の老人がひとり、テーブルにすわっていた。

ニッキ・フリッケルとふたりの同伴者は、客たちの喧噪《けんそう》のなかでテーブルを探した。グラドたちの好奇の視線には平然として耐えた。注文した飲み物が運ばれてきた。

「つまりあなたは、ベルトララム、からなにか聞き出せると思っているわけね」ニッキはいった。

「もちろんだとも」ナークトルは答えた。「それにどれほどの価値があるかは、まだわからない。なによりも、きみがあのシャンガントのおっさんの機嫌をそこねないようにしたかったんだよ。敵をつくってどうするんだ？」

「あの男は手品師よ」ニッキはむきになっていった。

「それはまちがいない」スプリンガーは賛意を表明した。「だが、どんな手品を使うのか、一度、ゆっくり観察することはできる」

「二千レングイで？」

「もっとつぎこむつもりだ」ナークトルはいった。「売ったのはだれの銀行カードだったか忘れるなよ」

　ニッキはこの日、あまり機嫌がよくなかった。ナークトルの指摘にたいして、いつものように挑戦的な反応をしめすより前に、ウィド・ヘルフリッチが発言した。

「未来についてかれに予言させる必要はない」かれはいった。「過去なら、それほど手品を使わなくても伝えられるだろう」

　ロボットがテーブルに近づき、この店の異人用のメニューをスクリーンに表示した。三人は料理を選んだあと、ふたたび会話をつづけた。そこへ、さきほどニッキが気づいていた見知らぬ孤独な男がくわわった。

「失礼」男はテラナーの言葉でいった。「あなたがたがもうほとんど聞かなくなった言葉で話しているのを聞いたんでね。あつかましくするつもりはないが、もし同席させてもらえたら、たいへんうれしいのだが」

ニッキはその老人を無遠慮にじろじろ眺めた。男は中背だった。おそらく百歳をすこしこえているだろう。着ているものは清潔だが質素だった。大きな鼻と厚い唇をしていたが、グレイの目は生き生きして、知的な印象をあたえた。赤褐色の髪は何ヵ所かが薄くなり、白髪《しらが》が混じっていた。

「試験は合格かな？」かれは微笑を浮かべながらいった。

「満足したわ」ニッキは答えた。「こちらにすわって」

彼女はすばやい目で両方のテーブルのあいだの距離をはかった。この騒音のなか、この距離でテラナーたちが話しているのが聞こえたとしたら、男はよほどよい耳をもっているにちがいない。

「ありがとう」招かれた男はそういうと、椅子を引き寄せ、すこし苦労してすわった。「わたしはアラルド・パウロッテという者だ。職業は商人で、ここパテンベに住みついている。わたしの先祖は何世代か前にテラからきた。西ヨーロッパから」

ニッキは自分と同伴者の紹介をした。しばらくして料理が運ばれてきたが、最初は料理に夢中で、会話はあまりはずまなかった。料理は食べやすく、ほんものの食材が使われていたが、それ以上いうべきことはなかった。異人のオアシスの料理は、タイムレス・ホテルですっかりなじんでいた美食家向きの料理とはほど遠かった。

「それで、あなたたちは、どこからこられたのかな？」最後のひと口を食べおえたあと、アラルド・パウロッテは訊ねた。

ニッキはウィド・ヘルフリッチにうながすような視線を投げた。物語を語ることに関しては、ウィドが適任だった。なにを話すのかはすでにホテルのバーで打ち合わせてあった。ニッキ・フリッケルとその同伴者たちが、過ぎ去った七百年の出来ごとについてなぜなにも知らないのかをまことしやかに説明する、納得のいく話である必要があった。

「われわれの先祖はヴィーロ宙航士で、四三〇年にヴィールス船でエスタルトゥへと向かったんだ……」ウィドは話しはじめ、何世紀にもわたって十二銀河の星々のあいだを彷徨《ほうこう》するフリッケル大家族の心温まる壮大な叙事詩を朗々と語った。最初はヴィールス船で、のちに人知れず入手した古いテラの球型船で旅をした。最後の四百年、フリッケル家の者たちはシルラガル銀河のはずれの世界に定住したが、ほかの宇宙から切りはなされていたために周囲でなにが起きているのかまったく知らずにいた。最後にようやく、いまの世代が郷愁に囚《とら》えられ、局部銀河群にもどってきたのだった。

「出発の直前に、尊敬する女家長である偉大なジョゼフィーネ・フリッケルが亡《な》くなったんだ」ウィドは平気でつくり話をした。「その結果、われわれは彼女の孫娘を女家長に選んだ。苗字をもつことができるのは女家長ただひとりなんだ」

アラルド・パウロッテは驚きの目でニッキをじろじろ見た。

「あなたは大家族の女家長なのか？　まだ、こんなに若いのに」かれはいった。

「その調子でつづけて。パウロッテ」ニッキはからかった。「わたしにお世辞をいうと、なにかいいことがあるかもしれないわよ。ところで、なぜ銀河系は封鎖されているの？」

いましがたまで友好的で興味津々《きょうみしんしん》のように見えたアラルド・パウロッテの顔に不快げな表情が浮かんだ。

「じゃあ、あなたたち、もう知っていたんだな」かれはつぶやいた。

「噂はもう、あちこちにひろまっている」ナークトルが口をはさんだ。

「わたしにはわからない」パウロッテは答えた。その話し方から、認めるのは気が重いらしいことがなんとなくわかった。「だれにもわからないんだ。六百年ほど前から、銀河系の内部に入ることに成功したものはいない、そして、出てきたものもいない」

「どうしてそんなことがありうるの？　どうやってそんなことが起きたの？」ニッキ・フリッケルは急《せ》き立てた。「過ぎ去った七百年のあいだに、局部銀河群でなにが起きたのかしら？」

アラルド・パウロッテは彼女を注意深く見つめた。

「七百年。あなたたちはそんなに長いあいだ奥地にいたのか？」かれは訊ねた。

「見知らぬ大星雲がわれわれの宇宙で具現化したことは知っているわ」ニッキは答えた。

「わたしたちの長距離検出器が、局部銀河群の周辺で以前は存在しなかった巨大な星団を記録している。だからそれは起こったにちがいないわ。そこまでは、わたしたちにもわかっているのよ。それ以外のことについて、多少なりと話してもらえないかしら」

*

「あなたたちが話している未知の星雲はハンガイ銀河と名づけられている」パウロッテは沈んだ声で話しはじめた。「それがわれわれの宇宙にきたことで、なんらかのかたちで時空構造を大きく揺るがせたのはまちがいない。当時は構造排除と呼ばれていたと思う。ハンガイ銀河とともに、滅びゆくタルカン宇宙から多くの高度な文明がもたらされた。ハウリ人、カンサハリヤの二十二種族、そのほか大勢だ。二十二種族同盟はすぐに崩壊し、支配的な種族であったカルタン人さえも内紛を起こした。カルタン人は多数の帝国にわかれ、それらはたがいに戦い、ハウリ人とも争っていた。

大戦争が起き、何十年かのあいだに、すべての局部銀河群を巻きこみ、混乱状態となり、たがいに戦った。グラドは関わり合いになるまいとつとめ、中立を宣言した。だが、そうしたからといって、戦争中のほかの民がグラドの植民星に基地をつくるのをやめさせることはできず、かれらはグラド入植者の星を攻撃し、破壊し、グラドたちを兵士として従軍させようとした。だれもが思い出したくない恐ろしい時代だった」

「戦争はどうやって終わったの？」ニッキは訊ねた。

アラルド・パウロッテは肩をすくめた。

「わかるやつがいると思うか？」かれは気落ちしたようにいった。「突然、ハウリ人、カルタン人、そのほか名前もわからぬものたちが撤収した。そして、平和がもどった。たぶん、カンタロが関わっていたのだろう」

ニッキは耳をそばだてた。これまでパウロッテが伝えたことのほとんどは、すでに知っていることだった。だが、カンタロのことを聞くのは、これがはじめてだった。

「カンタロってだれなの？」彼女は知りたがった。

「予期せぬときに、宇宙の深部からあらわれた謎の民だ。カンタロは飛び抜けてすぐれた技術をもっていた。ほかの交戦相手に遭遇した場合、九十五パーセントはかれらが勝利した。きわめて残忍だったにちがいない。単にそこにハウリ人基地があるという疑念があっただけで、かれらは八千万をこえる住民がいたグラドの植民世界を警告もなく攻撃し、殲滅《せんめつ》したといわれている」

「カンタロはどこからきたの？」ニッキは訊ねた。

「だれにもわからない」パウロッテは答えた。「戦争が終わったとき、どこに引き揚げていったのかもわからない。わたし個人の考えでは、カンタロは戦争の終結に貢献したのではないかと思う。ほかの民は、カンタロが戦争に介入してくれば、もはや勝ち目はないと見きわめた。だから、戦いを放棄したのだろう」

「非常に賢明な決断だ」ウィド・ヘルフリッチはいい添えた。「それまで何十年にもわたって意味もわからない戦争に巻きこまれてきた者にとっては、きわめて異例な判断だといえるな」

アラルド・パウロッテはうなずき、両手でかこんでいたグラスをじっと見つめた。

「まさに、そのとおりだ」かれはいった。「戦争の意味……すくなくともここ大マゼラン星雲では、おそらく、理解したものなどだれもいなかっただろう」

ニッキ・フリッケルは哲学的なことよりも、実際的なことに興味をもっていた。

「カンタロはどんな外見をしているの？」彼女は訊ねた。

パウロッテはグラスから手をはなし、指をひろげた。

「それについて正確な報告はない。さまざまな観察者がかれらは人型に近いと表現している。ほかにも、六本脚、八本脚、それどころか十二本脚の生物を見たと主張するものもいれば、またほかの者は、カンタロはどんなかたちにも変身できる粘液性の生物だというものもいる」

「妖精のたぐいか？」ナークトルは訊ねた。

「まず、ありえないわ」ニッキは答えた。「そのたぐいまれな技術はどこからきたのかしら？」

ロボットがきて、食器をかたづけた。

「あなたたちは、なぜアイシュラン＝ホまできたのだ？」アラルド・パウロッテは訊ねた。「あけすけな質問をして申しわけない。ここでなにをしたいんだね？」

「テラにもどる計画だったのよ」ニッキは答えた。「でも、道はふさがれていた。そこでわたしたちは、なぜそんなことになったのか、そしてだれか障害物を壊そうとしている人はいないのか、知りたかったのよ」

その考えはパウロッテをおもしろがらせたようだった。かれは笑おうとしているかに見えた。だが結局、思いなおしたようだった。

「障害物を壊す？」かれは訊ねた。「だれにそんなことができる？　あそこで使われている技術は、すくなくともカンタロの技術と同じくらい発達している。銀河系の外の文明は壁を突破するのに必要な手段をもっていない。おまけに、だれがそんなことに興味をもつだろうか？　両マゼラン星雲の住民たち、そして局部銀河群のほかの銀河の住民たちは、銀河系などなくても充分やっていけるのだからね」

聞き手たちは沈黙していた。銀河系外の者たちが、運命をこれ以上ないほど冷静に受けとめているという考えは、かれらもすでにもっていた。だがこれほどあからさまにいわれたことはなかった。

沈黙がほとんど気まずいまでに長くなったとき、アラルド・パウロッテは訊ねた。

「今晩、ほかになにか予定はあるのか？」

ニッキはかぶりを振った。

「なにもないわ。ホテルにもどるつもりよ」

「どのホテル？」

「タイムレス・ホテル」

パウロッテはちいさく賞讃の口笛を吹いた。

「悪くない生きかたを知っているようだ」かれはいった。「どうやら資金は充分に用意できているようだな」

ナークトルは陰気な笑い声をあげた。

「古くて価値のない銀行カードに、両替商がいくら払うか聞いたらびっくりするぜ」

アラルド・パウロッテははっとした。

「テラの銀行カードか？」かれは訊ねた。

「そうだ」スプリンガーはうなずいた。

「それでわかったよ」パウロッテはいうと、椅子のなかで、ややがっくりした。「いいかね、よく聞くんだ。そして近くにテラの言葉を理解する者がいないことをともに祈ろう。わたしはパテンベの事情には通じている。それ以上にこの店、異人のオアシスのことはよく知っている。だれがだれを監視してるかはすぐにわかった。正直なところ、それがあなたたちと同席したかった理由のひとつだ。あなたたち全員がテラの銀行カードをもっているという噂が、あちこちにひろまっているはずだ」

「まさか、だれかがわたしたちを襲うと思っているんじゃないでしょうね？」ニッキ・フリッケルは興味津々で訊ねた。

「ここの客はだれもが堅実な市民たちというわけではない」パウロッテは答えた。「そうだ、まさにそのことを考えている。あなたたちは、どうやってここにきたんだ？」

「レンタ・グライダーで」

「まだ、待っているのか？」

「いいえ」

「では、新しいのを呼ぶ必要があるが、通信ポールは外の通りにある。あなたたちがドアから一歩でも出たら、暴徒たちが襲いかかってくるぞ」

「連中、きっとびっくりするぜ」ウィド・ヘルフリッチはいった。もっとくわしく話したかったのかもしれないが、テーブルの下でニッキ・フリッケルがかれを蹴とばしたので、ウィドは口をつぐんだ。

「逃げだす方法を知っているの？」ニッキは訊ねた。

「この建物の下の駐機場に自分の乗り物をとめている」アラルド・パウロッテは答えた。「わたしといっしょに乗っていけばいい。だれもそんなことは予想していない。だれかがあなたたちを襲わないうちに逃げだすことができるよ」

「感謝するわ」ニッキはいった。

彼女は考えこんだ。自分は、危険な状況を察知することにかけては、本能的な勘をもっていると思っていた。彼女は異人のオアシスの客たちがナークトル、ウィド、そして彼女に特別の興味をしめしていることには気づかなかった。たしかに多くの好奇心に満ちた視線を感じはしたが、このような状況ではそれが自然なことだった。もしグラドたちがまったく無関心であったなら、逆にニッキは不審をいだいたかもしれない。また、両替所のレングポナムがテラナーの古い銀行カードを手に入れたといいふらしたとはとうてい思えなかった。

「感謝する必要はない」アラルド・パウロッテは親しげに答えた。「それよりひとつたのみたいことがある。わたしを訪ねてきてほしい。そして、わたしの孤独を多少とも明るくしてほしいのだ。あなたたちは地球の過去について多くのことを知っている。それがたとえ何世代にもわたって伝えられてきた伝説であったとしても、わたしはそのすべてを聞きたいんだよ！」

ウィド・ヘルフリッチはゆっくりとうなずいた。

「いいとも」かれはいった。「あんたのほうも、われわれにとって興味深いことを知っているかもしれない」

勘定をすませて、かれらは出発した。反重力リフトに通じるドアは、そのひろいレストランの奥にあった。ニッキはこっそりと見まわした。グラドたちの好奇心はすでに満たされたようだった。異人たちに向けられたわずかな視線は、それほど興味深げでもなく、ひかえめではあったが無愛想ではなかった。

かれらは黙ったまま、リフトで個々のデグラヴ・フィールドにつつまれて下へおりていった。パウロッテの乗り物は大型の高性能グライダーだった。考えられるかぎりの快適さをそなえ、けっして安くはなかったはずだ。パウロッテは孤独かもしれないが、商人としては明らかに成功していた。そのうえ、かれは高価な乗り物の持ち主という役割が気にいっており、乗客たちに内部設備の働きについて言葉をつくして説明した。かれはそれが生き物であるかのようにオートパイロットと会話した。かれが目的地を告げ、シントロニクスに許容可能な最高速度でガレージから出るように命じた。

グライダーは急な斜面を勢いよく飛んでいった。通りに通じているゲートがなかなか開かないので、ニッキ・フリッケルは思わず息をとめ、衝突を予想して座席にしがみついた。その恐怖には根拠がなかった。数センチメートルの余裕をのこして、グライダーは両開きのゲートを通過し、通りへと滑り出ていった。

通りの上方には多数の太陽灯が揺れていて、昼間のように明るい光をひろげていた。そのぶん建物の角や門扉のうしろの影の部分はより黒かった。通りはこのあたりからおだやかなのぼりになっていた。グライダーは海岸の方角に向きを変え、建物上空の飛行レーンをめざして急速に高度をあげた。

ニッキ・フリッケルは周囲を見まわした。異人のオアシスの建物はファサードからずっとはなれた突きでた華美な門で飾られていた。門の壁の陰から三人の人影があらわれた。ニッキにはそこでなにかがきらりと光るのが見えた。おや指大の分子破壊プロジェクターの淡いグリーンが夜をつらぬいた。

「狙撃されています」オートパイロットが伝えた。

アラルド・パウロッテは動じなかった。

「これほど公然と仕掛けてくるとは思わなかった」かれはいった。「だが、恐れることはない。これだけ速いのだから」

ニッキが二度めに振り向いたときには、異人のオアシスは街の光の海のまんなかでちいさな色とりどりの塊りになっていた。もう撃たれる心配はなかった。

4

ベルトララムの屋敷はのどかな地帯にあった。巨大な岩棚の頂上がたいらにされ、木々が植えられていた。公共の交通路からわかれた私道の一部は岩の外側をまがり、ほかの一部は岩を貫通していた。最後のトンネルを通り抜けると、楽園を思わせる公園が訪問者たちを迎えた。頂上の平坦地のはしからは街の息をのむような景色と、はるか彼方に白波で飾られた紺碧《こんぺき》の海が見わたせた。ベルトララムの家は、丈の高い、松に似た木々のある林のなかに立っていた。公園のような光景のなかを、人目につかない小道が蛇行していた。噴水が湧き出し、花盛りの灌木《かんぼく》にふちどられた池があり、その岸辺にはちいさな両生類の生物がさえずり、この牧歌的な風景を完璧なものにしていた。

訪問者のために、高い生け垣でかこまれた駐機場が用意されていた。その生け垣を通じて林へと行くせまい道があった。《ソロン》の三人は前夜の教訓から学び、数日間、グライダーをレンタルした。ナークトルはそれを駐機場にとめ、乗客たちがもどってくるまで待つようにとオートパイロットに指示した。

ナークトルとニッキ・フリッケルは普段着だったが、それに反してウィド・ヘルフリッチは乗員用コンビネーションを着ていた。それには通常のマイクロ機器がそなえられている。ウィドは降霊会に参加するつもりはなく、媒体伝達士の器具をきびしく吟味したいと思っていたのだ。

ベルトララムは客たちを玄関で出迎えた。かれはきらきら光る金属の刺繍で飾られた彩り豊かでファンシーなローブを着ていた。その刺繍にはグラドの科学の表記法で、物理学の公式が描かれていた。ニッキ・フリッケルは、超空間を伝わる超高エネルギー波の伝播を記述する複雑な方程式のはじまりと、はるかに単純だが同様に基本的なアインシュタインの公式$E = mc^2$に相当するものを発見した。

歓迎の言葉と挨拶が交わされ、ベルトララムは訪問者たちをちいさいが心地よい内装の部屋に案内し、飲み物と軽い食べ物をすすめ、最後に本題に入った。会話はすべてインターコスモで交わされた。

「ちょっと考えたんだけど」ニッキ・フリッケルは話しはじめた。「ナークトルとわたしは降霊会に参加するつもりなの。でも、ウィドはその気がないので待っているそうよ。降霊会の前に、あなたがフクラルを捕捉し、そこから情報を抽出するために使用するデバイスについて教えてもらいたいの。降霊会ではふたつのことを見たいわ。現在のテラの状況と大戦争の時代の決定的なエピソードを」彼女はグラスに口をつけてから、かなり騒々しい音をたててグラスをまたテーブルにもどし、そして訊ねた。「わたしたちの願いはかなえてもらえるかしら？」

「降霊会に関するかぎり、問題はない」ベルトララムは答えた。「ただ奇妙に思えるのは、あなたの望みの最初の部分に関してだ。どの媒体伝達士にも職業上の秘密というものがある。わたしは自分で創案したデバイスとメソッドを使う。もし、わたしの競争相手がそれについての詳細を知ってしまったら、かれらは有利になりわたしは不利になる。なぜわたしのデバイスが見たいのだね？」

「よろこんでわたしの好奇心の理由を説明するわ、ベルトララム」ニッキ・フリッケルはいった。「たとえそれであなたの不評を買うことになってもね。つまり、わたしはフクラルなんて信じていないの。あなたたち媒体伝達士はいわゆる根源的な力なるものをでっちあげ、自分たちのおとぎ話をより信憑《しんぴょう》性のあるかたちにみせかけて、大衆をぺてんにかけようとしているんじゃないかって思ったのよ。でももしかしたら、わたしのまちがいかもしれない。だからあなたのデバイスを見たいの。そのデバイスで、フクラルというものがほんとうに存在し、そこから情報を引きだせると確信できるかもしれないから」

ベルトララムは長いあいだ前方を見つめていた。かれはすこしちいさくなったようだった。そして力なくがっくりと肩を落としたので、同情したくなるほどだった。

「きびしい言葉だ」しまいにかれはいった。「信じるも信じないも、そのひとのもつ権利だ。だがひとつだけいっておかなければならない。あなたの体験する降霊会では音響的および視覚的な印象があなたに再生され、あなたの意識のなかで感情が呼び覚まされる。感情を記録することはできないが、音響データと視覚データなら記録することができる。あなたが見たり聞いたりしたことのすべてをおさめたファイルが作成される。もしわたしがあなたをだましたと証明できるなら、降霊会の謝礼金は、あなたに返却しよう」

ニッキはこれ以上この話題を追求しないほうがいいと思った。彼女は降霊会を体験するためにここにきたのだ。媒体伝達士を怒らせてもあまり意味がない。

「それでは」彼女は提案した。「謝礼金のことを話しましょう。わたしの願いをかなえるのにいくらぐらいかかるの？」

「かなり複雑な問題だ」ベルトララムは答えた。「降霊会は二回、一回めは地球について、そしてもう一回は戦争について。三千八百レングイが妥当だと思われる」

「では、友のナークトルも同額なの？」

「かれは同じ情報をもとめているのか、それともほかのものを体験したいのか？」

「まあそうね、わたしと同じものを見たいでしょう」

「あなたたちふたり分として五千レングイ」ベルトララムはすばやく決断していった。

「了解」ニッキは明言した。

取引が早急に決着したことで、ベルトララムは多少とも自信をとりもどしたようだ。ネコに似た顔に、愛想のいいほほ笑みが浮かんだ。

「わたしのところにくるほとんどの者は、料金に不平をいい、わたしを強欲《ごうよく》だとののしる」かれはいった。「あなたは値切ろうとしなかった。だから、あなたが望んだ最初の部分もかなえよう」

「ありがとう」ニッキは答えた。「それと同時に、わたしにあなたの秘密が理解できたとしても、それをほかの媒体伝達士にいいふらしたりはしないと誓います」

*

ベルトララムは客たちを実験室のように装備されたひろく明るい部屋に案内した。機能のわからない器具類がグループべつに配置されていた。部屋のまんなかに、中央制御ステーションがあり、中型のコンソールが台座の上に置かれており、そこにはたいらでせまい五段の階段であがっていくことができた。

ベルトララムはそれらのデバイスをグループべつに説明しはじめた。

「わたしはすでに一度、超高周波ハイパー放射線をニュートリノと比較したことがある」かれはいった。「それらにとって障害となるものはなかった。物質、エネルギー性障害、四次元空間の湾曲……そのすべてはフクラルにとってまったくないに等しい。そのため、フクラルの流れを受けとめるのは非常にてまがかかる。過去において、ニュートリノを検出することがいかにむずかしく、そのためにどれだけの努力が必要だったかは聞いたことがあるかもしれない。フクラルの場合も状況は似ている。わたしは独自のアンテナ・システムを開発した。それがこのデバイスグループに属している」

かれはふたつめのグループである機械のほうを向いた。

「わたしが必要とする情報は、当然ながら従来の方法ではフクラルの流れにエンコードされていない。自然は先進文明が開発した遠距離通信の法則には準拠していないからね。超高周波ハイパー・ウェーヴの復調はこのグループによっておこなわれる並はずれて複雑なプロセスなのだ」

かれはデバイスのグループをつぎからつぎへと説明していった。だが、それはつねに一般的な説明だった。そして機械はすべて継ぎめなくおおわれていて内部を見ることができないので、ベルトララムが秘密を明かすといったのはどういう意味だったのか、理解するのは困難だった。ニッキはウィド・ヘルフリッチに疑わしげな視線を投げた。ウィドは熱心にうなずいた。かれの服のなかのマイクロテクノロジーが作業中だった。

媒体伝達士は最後に、かれが中央コンソールの助けで、フクラルの流れによってもたらされた乱雑な情報のなかから顧客が知りたがっている情報をどのようにフィルタリングするのかを説明した。そのあと、かれは実験室のうしろの壁に設けられたドアのほうに向かってうなずいた。

「降霊会がおこなわれる部屋はあそこにある」かれはいった。「参加者には各々、自分の部屋があたえられる。リラックスした状態で降霊会を体験する必要があるからだ。そうしないと、フクラルの流れが伝えようとしている多くのことを聞き洩らすだろう」

ドアが開いた。その奥には、左右にそれぞれ三つのドアのある薄暗い廊下が見えた。そのなかのひとつのドアをベルトララムはあけた。ニッキは二メートル×三メートルほどのひろさのなにもない部屋を目にした。天井から、オレンジがかった黄色の蛍光板がおだやかで温かい光を拡げていた。家具はひとつもなかった。

「心がまえはできているかね？」ベルトララムは訊ねた。

「なにをすればいいの？」ニッキはどぎまぎしながら訊ねた。

媒体伝達士は部屋に足を踏み入れた。

「ここにはデグラヴ・クッションがある」かれは説明し、飛びあがって、突然、空中で脚をぶらぶらさせた。「それは目には見えない。なぜなら、目に見えるものはすべて降霊会の参加者の注意をそらす要因になる。だから、この透明なクッションの上に横になってリラックスするのだ。光はしだいに弱くなる。壁のなかにはマイクロセンサーが設置されていて、あなたの心の状態を感じとる。必要なレベルのリラックス状態に達したら、降霊会がはじまる」

かれはわきによった。ニッキは手を伸ばして見えないクッションの輪郭をなぞった。それは床から五十センチメートルほど上をふわふわと動いていた。彼女は用心深くその上にすわり、からだを伸ばした。両腕を頭のうしろで組み、三人の観客に向かって楽しげにうなずいて合図した。

「あなたも自分のクッションのところへ行って、ナークトル」彼女はスプリンガーにうながした。「そしてあなた、ベルトラム、降霊会をはじめてちょうだい！」

＊

ドアは閉まった。ニッキ・フリッケルは思いに沈みながら、天井をにらみつけていた。彼女は降霊会はいんちきだと思っていたので、リラックスするのはむずかしくなかった。彼女は天井の明かりが暗くなってドアの輪郭がやっと見分けられるほどになるまで、辛抱強く待っていた。遠くのどこかで、かすかに音楽が聞こえたように思った。よく知っているメロディのように思われたので、それに注意を集中しようとつとめた。巨大なマゼラン星雲のなかで、以前から知っている歌曲をだれかが演奏しているとは、なんて奇妙なんだろうと思った。彼女はそれを魅力的だと思い、考えはじめた。突然、降霊会のことをすっかり忘れ、その哀愁を帯びたメロディのことで頭がいっぱいになった。

そのとき突如、イメージが彼女の上におりてきた。

彼女は巨大都市の上空高く、漂っていた。太陽は頂点に近く、正午にちがいない。南には、市の郊外にある大きな湖に源を発するふたつの川の流れがきらめいていた。北には、特徴のあるかたちをした山が緑豊かな丘陵地帯の上にそびえたっていた。ネメグト層だとニッキの記憶が確認した。ふたつの川はクシーとドンク、塩湖はゴシュン、町はテラニアだ。

街が近づいてきた。ニッキは羽毛のように柔らかく漂っていた。肉体を失い、ベルトラムの機械が生みだしたヴィジョンに埋めこまれた裸の意識だけになっていた。彼女は街の通りや広場に大勢のひとがいるのを見た。人々の心に満ちている恐怖を感じた。ニッキはどんどん街の屋根へと近づいていき、視野はいっそうせまくなっていった。彼女は通りにまぎれこみ、テラニアの住民たちの顔に恐怖が刻まれているのを見た。どこからかスピーカーからの声が響いていた。ふたつめのイメージがしだいに鮮明になってきた。ニッキは民間通信社であるテラ・インターギャラクティックのスタジオを目にした。スピーカーのホログラムが視界を占めた。親しみやすさと冷静さがバランスよく調整された、合成音声が話した。

「未知の攻撃者の意図と目的は引きつづき謎のままです。しかし確実なのは、敵がはるかにすぐれたテクノロジーをそなえていることです。敵はシリウス星系、ヴェガ星系への攻撃をへて、近い将来、太陽系に進撃してくることが予想されます。したがって当局による住民を避難させる準備が進められています……」

　スピーカーが消えた。映像が変わった。太陽は西の丘の彼方に沈み、通りには人気《ひとけ》がなくなりはじめた。街の北のはずれにある宇宙港から巨大なスペースシャトルがつぎつぎと絶え間なく出発していった。そして、押し寄せる気団のうつろな響きはゴビ山脈から襲ってくる嵐の脅威のように聞こえた。

　ニッキは空を見あげた。大気圏に消えたガスの最後の一片の向こうのどこかで、避難船が待機し、スペースシャトルはそれに向かって進んでいった。太陽が完全に姿を消したとき、暗い空をためらいがちに進む明るい光の塊りが見えるだろう。

　だがニッキが見たのは、船の代わりに空から降りそそぐ炎だった。炎は光り輝きながら筋状に流れ落ち、出航するシャトルをのみこみ、街に降りそそいだ。そのヴィジョンの威力は強烈で、彼女は炎の流れから発せられる殺人的な熱を感じたと思った。

　彼女はいまなお、テラニアの幅ひろい道路の上空を低空で浮遊していた。まだ戸外にとどまっていた少数の人々は、立ちどまり、恐怖に満ちた目で空を見あげていた。かれらの顔には灼熱の光が黄色く反射していた。

　衝撃とともに、ニッキは道路の高さまで落とされた。すぐ目の前にひとりの子供が立っていた。七、八歳の少年で、不安のあまり硬直していた。かれは建物の外壁まであとずさり、そのなめらかな壁に身を押しつけていた。それがかれを保護してくれるかのように。

「ダニー！」どこかで女性の叫び声がした。

少年は横を向いた。その口が開いた。答えようとしたが、恐怖に喉が締めつけられていた。炎が建物の外壁までおりてきた。黄色い液状のものが、その子めがけて滑るように向かってきた。恐怖に身ぶるいしながら、ニッキは少年のブロンドの髪があっというまにグレイになり、粉々の砂礫《されき》になるのを見た。水ぶくれになった顔の皮膚には、パニックにおちいった恐怖の表情が焼き印を押されたかのように固まっていた。

ニッキは叫んだ。この恐ろしいヴィジョンから逃れたかった。イメージは消えた。一、二秒のあいだ、彼女は意識を失っていたにちがいない。そのあとふたたび、その光景の上を浮遊していった。最後の印象からどれくらい時がたったのかはわからなかった。その巨大都市は煤《すす》で真っ黒の瓦礫《がれき》と化していた。五メートル以上の高さの建物はひとつとしてのこっていなかった。ゴシュン塩湖の乾いた底から湯気が立ちのぼり、クシー川もドンク川もちいさな池でしかなく、そこに破壊の残骸が浮かんでいた。それらは、湯気をあげているプラスティックや木材の破片、ひからび焼け焦《こ》げた死体などだった……上空から声が聞こえた。

「そしてこれが、今日《こんにち》にいたるまで変わらない地球の姿だ」

＊

「やめて！」ニッキは叫んだ。「もうこれ以上、見たくない！」

だが、彼女は自分が叫んだと思いこんでいただけだった。現実の彼女は、ベルトララムの降霊室のひとつにあるデグラヴ・クッションの上で、催眠硬直状態で横たわっていた。ニッキの意識は精神的な拷問に抵抗した。だが、その叫び声は無視された。彼女はベルトララムとのあいだで、ふたつのヴィジョンを見るととり決めていた。そして、媒体伝達士はその合意を尊重した。

ニッキは大気のない岩の上空を漂っていた。漆黒の宇宙に星の数はとぼしかった。遠くで、幾何学的に完璧なＳｂ型銀河の渦巻き構造が輝いていた。銀河系かもしれなかったが、ニッキに確信はなかった。水平線の真上に未知の恒星の灼熱した白い球体があった。ニッキはその反対の方角に目をやった。

球状の惑星が驚くべきスピードで地平線の彼方に姿をあらわした。きらめく大気のマントルには、繊細な斑点の雲原がひろがっていた。大陸のグリーンとブラウンが、海の深いブルーとあざやかなコントラストをなしていた。ニッキの視線は海岸線をたどった。雪の冠をいただいた山々から流れてきた大河は向きを変えて濃いグリーンの密生した森林地帯らしきところを縫うように流れていた。海に流れこむところで、河岸の両側に淡いグレイの斑点がひろがり、川の流れにそって繊細な建造物が陽の光を受けて輝いていた。

街だ、とニッキは思った。そしていくつもの橋。彼女は銀河系内部で起きた大戦争の決定的なエピソードを目撃することにベルトラムと合意していた。彼女が目にした惑星は、疑いもなくグラドの入植者たちの世界だった。その位置は大マゼラン星雲のはしにあり、背景にある渦巻型銀河は、まちがいなく銀河系だった。ニッキの眼下数十メートルに広がるひび割れた岩の塊りは、その惑星の衛星だった。

「われわれは攻撃を受けている！」グラド語の叫び声が、その場に響きわたった。同時に映像が変わった。

ニッキは窓のない技術器具がぎっしり詰めこまれた部屋にいた。壁ぎわにコンソールが並び、制服姿のグラドたちが懸命に操作している。イメージフィールドが空中で明滅し、消えてはまた新しいものに置き換えられた。コンピュータの音声が事務的で冷静な口調で意見を述べた。そのあいまに、グラドの興奮した叫び声が耳をつんざくように響きわたる。

「宇宙要塞ティカノール、応答せよ！」

「敵の位置測定、失敗！　目標値を取得できない」

「亡霊群、出現！」絶望に満たされた声だ。「飛翔位置をとらえることができない。防御のしようがない。おお、見ろ……！」

つぎの瞬間、ニッキはふたたび衛星の表面にいた。つい数分前にはまだ楽園のように見えた惑星の姿を見て、彼女は愕然とした。まるで何千もの火山が同時に噴火し、大地を切り裂いたかのように見えた。赤く熱された醜い痘痕《あばた》のように、破滅のシグナルは入植者の世界に散らばっていた。

ニッキはなにを見たかがわかった。彼女は充分長いあいだＬＦＴ艦隊に勤務しており、兵器技術に精通していた。未知の敵は惑星に初期化爆弾を投下したのだ。爆弾は惑星の地殻の奥深くまで貫通し、そこで核爆発を起こした。その最初の爆発による火炎流がたったいま表面に到達したのだ。

ニッキは無力な入植者たちがこの恐るべき襲撃にどう反応するかを想像し、ぞっとするような恐怖でいっぱいになった。敵が亡霊船団であるという以上のことはつかめなかった。そのことは、たったいまこの衛星の地下にある司令部で知ったばかりだった。亡霊船団はおそらく、すでに引きあげていったにちがいない。地殻から噴出するマグマを消火することなど不可能だった。惑星の表面から上昇してくる宇宙船や、入植者のすくなくとも一部を安全な場所に運ぶ宇宙船の出現を懸命に探したが、むだだった。なにひとつ動かなかった。大気圏のゆらめく殻の上には、一点の光も見えなかった。

火災は猛スピードでひろがっていった。拡がる雲の白い斑点の下で、汚れた灰色のもうもうたる煙がその表面をおおっていく。煙を通して、核火災ののこり火が、いまはもう赤ではなく淡い黄色となって光っていた。

ニッキの意識のなかで、目に見えない話者の声が鳴り響いていた。

「こうしてグラドの植民惑星ナムラッドンの運命は、ＮＧＺ五一二年に決まった。攻撃者がナムラッドンにハウリ人の艦隊基地があると推定しただけの理由で」

5

「地球上の出来ごとが起きた時期について、ベルトララムはなにも言及しなかった」ナークトルはいった。「いわゆるフクラルの流れなるものを認めるということで、われわれの意見は一致したな。超高周波ハイパーエネルギー放射線は存在するが、魔術的な性質は内在していない。地球でのヴィジョンを混じり気《け》なしのいんちきだとかたづけるのはむずかしいことではない。壁が銀河系を閉じこめて以来、フクラルがあろうとなかろうと、地球の状態についての情報はいっさいないんだからな」

　もちろんかれのいうとおりだ、とニッキ・フリッケルは思った。だが、滴《したた》り落ちる火の熱によって焼きつくされたあの子供の姿が、いまだに目の前にあざやかに立ちのぼってきて心が痛んだ。タイムレス・ホテルのひろびろとしたスイートルームは意気消沈した雰囲気につつまれていた。ウィド・ヘルフリッチでさえ不機嫌だった。かれはヴィジョンを目撃したわけではなかったが、そのかわりに乗員用コンビネーションに搭載されたマイクロテクノロジーが役に立たなかったのだ。媒体伝達士が顧客に過去、現在、未来のイメージを言葉巧みに信じさせる機械の作用を見破ることができなかったのだ。いくつかの些《さ》細《さい》な測定値は記録され、ただちに《ソロン》の船内シントロニクスに中継された。シントロニクスはそのデータではなにもできないといってきた。データがすくなすぎ、既知のプロセスとの有用な相関関係は確立できなかったという。

「あれがほんとうに地球で起こったことだと思うと……」ニッキはつぶやいた。

「そんなことは起きていない！」ナークトルは鋭い口調で答えた。「手品師にだまされるな」

「あなたは、あの子供を見た？」ニッキはひるむことなくつづけた。

「どの子供？」

「建物の壁にもたれて、怖くて動けなかったちいさな男の子」ニッキは顔に手をやった。

「炎がかれを焼きつくすまで」

「子供なんて見なかったよ」スプリンガーはぶつぶついった。「パニックにおちいった群衆があわてふためいて通りを猛スピードで駆けていく姿だけだった。そんなことをしてもどうしようもなかったがね。結局、炎につつまれちまった」

ニッキは耳をそばだてた。

「子供は見なかったの？」彼女は驚いて訊ねた。

「いま、いっただろう」

「つまり……わたしたちはふたつのちがったヴィジョンを見たわけ？」

ナークトルは手をふって、拒否の合図をした。

「大まかなところでは、同じはずだ」かれはいった。「地球が攻撃され、空から火の雨が降りそそいでくる。テラニアは廃墟と化した。なにを悩んでいる？　われわれはふたつの同一のヴィジョンを見るために金をはらい、ふたつのやや異なるものを見ただけだろ。損害をこうむったのはベルトララムのほうだ。かれはもっと料金を請求すべきだったんだ」

かれは不機嫌そうに笑った。ニッキ・フリッケルはこの問題を、そんなにかんたんにかたづけようとは思わなかった。瀕死の子供のイメージが彼女の心をかき乱していた。なぜスプリンガーは、彼女のヴィジョンのこの部分を見なかったのだろう？　この疑問が彼女にしつこくつきまとっていた。あの媒体伝達士が、どうやってあのヴィジョンを生みだしたのかはわからなかった。降霊会の参加者の意識とのあいだに活発な相互作用があったため、参加者が見たことに影響された可能性は充分あった。それなら、同じヴィジョンを見ても、参加者によって受けとめかたが異なることの説明がつくかもしれない。論理的な思考は、不信感をいだく重大な理由はないことをニッキにはっきりと理解させようとした。だが論理だけではニッキが心に受けた衝撃を処理することはできなかった。あの少年のイメージがなおも眼前にあるかぎりは。

「ナムラッドンは」ウィド・ヘルフリッチが不機嫌そうにいった。「ほんものだと思うか？」

かれらはホテルに帰る途中で、自分たちが見たヴィジョンのことをウィドに話していた。細部については話題にのぼらなかった。レンタ・グライダーのスピードがあまりにも速くて、移動には数分しかかからなかったからだ。

「ハウリ人の基地があると推定した未知の攻撃者によって破壊された入植者の世界」ナークトルはぶつぶつつぶやいた。「パウロッテがそのことを話していたよな。もちろん、同一のケースかどうかはわからないが」

「亡霊、と監視員はいっていた」ニッキは思い出していた。「惑星サトラングと、ここへくる途中での出会いのことを思い出すわ。そうね、ナムラッドンへの攻撃はほんものだとわたしは思う。ベルトララムだって、自分の仕事をむだにむずかしくはしないでしょう。ほんとうにあったことをそのまま使ったほうが、つくり話をするよりかんたんだわ」

「その戦争の目的はなんだったか、そのヴィジョンからわかったか？」ウィド・ヘルフリッチは知りたがった。

「友よ、おまえさんはあらゆる哲学の根底に触れているぞ」ナークトルは答え、苦々しげに笑った。「戦争の原因と目的、その意義なんていうまでもないだろ。このテーマで、なにか考えつく者はいるのか？」グラドは中立の立場を守ろうとしただけなのよ」ニッキはいった。「かれらは大戦争には受け身のかたちでくわわることに……」

「そうだ、そのとおりだ！　かれらの植民世界を粉砕させられたからだな！」

「なんのための戦争なのかも、たぶんぜんぜん理解しないままだったはずよ。わたしがいいたいのは」ニッキはつづけた。「当時は、混乱した支離滅裂の状態にあったにちがいないわ」

「聞けば聞くほど」ナークトルはいった。「当時は集団的な狂気に支配されてたっていう可能性が高いな。カンサハリヤは崩壊し、カルタン人は内部抗争で分裂、局部銀河群のあらゆる場所で宇宙戦争が勃発して……ただごとではなかったはずだ」

「チャットゥ！」ウィド・ヘルフリッチが不意にいった。「惑星チャットゥを思い出してみろ。コラ人は肉体的な突然変異を経験したんだぞ。われわれが停滞フィールドに閉じこめられているときに。おそらくそういう状態になったのは、かれらだけではなかったんだろうな。有機生命体の遺伝的構造だけじゃなく知的生命体の精神をも変化させるなんらかの影響があったにちがいない。ナークトルは集団的な狂気といったが、当を得た説明だ！」

「やめてよ！」ニッキはうめき声をあげた。「わたしたち、故郷銀河の秘密に手こずってるだけで充分でしょ？　もっと謎を増やす必要があるの？」

ウィドは感情を害した。「まことに申しわけございませんでした」かれは気を悪くしていった。「きょうはご婦人が、これほど感じやすいとは思いませんでした」

ニッキはやっとの思いでこらえた。突然、頭がずきずき痛みだした。気分が悪くなり、もうこれ以上、話をしたくなかった。ひとりになりたかった。休息と頭痛薬、それが必要だった。

ナークトルは明らかに彼女の状態を感じとっていた。かれは立ちあがった。

「わが友、ウィドよ。うまい料理が食いたくなった」かれは大げさにおどけた口調でいった。「よかったら、おつき合い願えないだろうか？」

「それよりもまず、この件をとことん……」ウィド・ヘルフリッチがいいかけたが、スプリンガーはさっさと腕をつかんで椅子から引っぱりあげた。

「あとでな」ナークトルはいった。「それよりまず食事だ。胃袋がからっぽじゃいい考えも浮かばないぜ」

ドアがふたりのうしろで閉まったとき、ニッキはほっとした。

＊

《ソロン》の乗員たちはグループにわかれて市内のホテルや旅館や宿屋に泊まっていた

が、一日に一度、船のシントロニクスに調査結果の報告を提出するよう指示を受けていた。毎日、夕方近くに、ニッキ・フリッケルはシントロニクスを呼びだし、報告の概要を聞いた。コンピュータはデータを分類し、重要度順に整理した。収穫はとぼしかった。アイシュラン＝ホには、過去七百年の歴史にまつわる定量的な情報は皆無《かいむ》だった。すくなくとも、かれらに探りだせたかぎりでは。

　大戦争が起きていた。ふたつのマゼラン星雲は一世紀にわたって戦争の舞台となっていた。グラドの星間国家は中立を守ろうとしていたが、それでも巻き添えをくった。交戦中の国々は例外なく異銀河ハンガイの民たちで、この戦争に関連した銀河系の文明についての言及はなかった。銀河系がほかの宇宙から孤立したのは、戦乱の世紀のある時期のことにまちがいない。正確な日付はわからなかった。ハウリ人、カルタン人のいくつもの帝国、ヴェンノク、マモシトゥ、ペエルガテーター、プランタ人、クーペラレ、グリオルなどのさまざまな種族が、なぜハンガイ銀河だけにとどまらず、局部銀河群全体に戦争を仕掛け、おなじ国内では同族同士たがいの頭蓋骨をたたき割ろうとしたのかも不明だった。ただ、ナックについては一度も触れられていなかった。どうやら、かれらは血なまぐさい争いには巻きこまれなかったようだ。

　謎に満ちたカンタロの民については、再度、話題にのぼっていた。かれらがどこからきたのか、なにを望んでいるのか、だれも知らなかった。宇宙の大災害のあとにはじめて登場したらしい。かれらのテクノロジーは先住民やハンガイ銀河のものよりはるかにすぐれていた。カンタロは通常、大規模な宇宙艦隊を編成することはなかった。すくなくとも、カンタロ軍が大結集したという報告はなかった。かれらは個々の船や小規模の船隊で作戦行動をおこなっていた。かれらは無慈悲だったようだ。カンタロが勝利したあと、敵はだれひとり生きのびることはできなかったといわれている。かれらはじゃまする者たちを絶滅させ、警告なしに居住者のいる惑星全体を潰滅させたといわれている。

戦争ははじまったときと同様、はっきりとしたきっかけもなく終わった。カンタロおよびハンガイ銀河の民たちは撤退した。この当時のハンガイ銀河の状況がどのようであったか、アイシュラン＝ホでは知られていなかった。過去六百年のあいだに、両マゼラン星雲の領域のなかで、グラドがしだいに指導的役割を引き受けるようになっていった。獅子人間はかれらの長い歴史のなかではじめて、ほかの銀河に進出した。かれらはマークスとポスビと連帯し、ポスビとセントラル・プラズマがそこから移動したあとは、二百の太陽の星の管理を引き受けた。天の川銀河に進入する試みもおこなわれた。だが、冒険に参加した宇宙船のうち帰還したのはほんの数隻で、そのわずかな船の乗員たちは、不気味な未知の力によって精神錯乱の状態におちいっていた。

パテンベでときどき話されるテーマがもうひとつあった。それは、〝偉大なるテラナー、ペリー・ローダンが死んだ！〟というものだった。すこし前に二百の太陽の星から伝令船で送られてきたゴラシュなる司令官の報告があっても、その確信に変わりはなかった。ゴラシュはペリー・ローダンと会ったと主張していた。パテンベでは、ゴラシュがテンサングを飲みすぎたか、詐欺師に一杯食わされたかのいずれかだろうという意見が多かった。ローダンの死のいい伝えで奇妙な点は、ハンガイ銀河の最後のクオーターが物質化したあと、このテラナーが目撃されているということだった。ある伝説では、ペリー・ローダンはタルカン宇宙から帰還したあと、地球にいたとさえいわれている。かれがどのように死んだかは定かではないが、アイシュラン＝ホのグラドたちは、かれの死の事実をすこしも疑っていなかった。

　ニッキ・フリッケルがベルトララムの降霊会研究所で、テラナーの子供がなすすべもなく炎にのみこまれた恐ろしい光景を見てから二週間が過ぎていた。それ以来、特筆すべき成果はなにもなかった。ニッキはいまなお、円卓会議執行部のメンバーのだれかが自分と話すことに同意してくれるのを待ちつづけていた。だが、この点に関してはなにも起きなかった。彼女はアイシュラン＝ホへの遠征は失敗だったとみなす用意はできていた。局部銀河群、とくに銀河系において、過ぎ去った七百年間になにが起きたのかをグラドたちが教えてくれるという希望は夢物語だった。ニッキはとっくの昔にフェニックス＝１に向かって出発してもよかったのだが、《ソロン》は《シマロン》の到着を待つつもりでいた。カレンダーは一一四三年六月十日をさしていた。レジナルド・ブルの船については、さしあたってなんの手がかりもなかった。M‐3でなにかトラブルがあったにちがいない、とニッキは思っていた。

　ニッキはあのとき、むかつきと頭痛の発作を克服するのに苦労していた。服用した薬は助けにはならなかった。しばらくのあいだ、彼女は《ソロン》にもどって治療してもらおうかと本気で考えた。しかし、午後遅くになって症状はひとりでに消えた。彼女が自分で思う以上に、このことが心配になった。彼女はきわめて健康で、ときどき二日酔いになる以外には、何年ものあいだ肉体的な不調はなかった。突然の頭痛には納得がいかなかった。もしやあの降霊会が原因なのではないかと考えた。ウィド・ヘルフリッチの測定器が記録したわずかなデータを分析しても、あの媒体伝達士の技術についてはなにもわからなかった。十二世紀のグラドのテクノロジーは、五世紀のテラの測定・探知方法をはるかに凌駕していることを幻滅とともに認めざるをえなかった。

　この日、ニッキは夕食をスイートルームでひとりでとった。人とつき合う気になれなかったのだ。彼女は《ソロン》に連絡し、その日の情報の収穫量のすくなさに腹をたてていた。《シマロン》さえあらわれてくれたら！　アイシュラン＝ホでこれ以上すごすのは時間のむだだった。

　ラダカムがかすかな音を響かせたことに彼女は驚いて目をあげた。

「こんな夜更けに、だれがわたしと話したいの？」彼女は訊ねた。

「アラルド・パウロッテからです」受信機から答えが返ってきた。

映像フィールドがあらわれた。エレガントに飾りつけられた部屋を背景に、テラナーの姿が見えた。黄色い革張りの肘かけ椅子にすわって、半分ほど入ったグラスを手にしている。その親しげなほほ笑みから察するに、かれは上機嫌だった。ニッキ・フリッケルは異人のオアシスで最初に出会って以来、かれには会っていなかったのでほとんど忘れていた。

「わたしを訪ねてほしいと前にいったね」アラルド・パウロッテは話しはじめた。「あのときは、わたしの招待をお決まりの儀礼的なものだとたぶん思ったのだろう。なので、もう一度お誘いしたいのですよ。明晩、レセプションがあるんだ。あなたとふたりのご友人もきてくれないかね？」

「レセプション？　儀式ばって聞こえるけれど」ニッキはいった。

「商売で生計をたてている者は、広報活動に投資しなければならないのだ」パウロッテは説明した。「わたしの顧客リストには何人かの非常に興味深い人物がのっている。たとえば円卓会議執行部のメンバーとか……」

ニッキはあっけにとられた。かれはなぜそのことに触れたのだろう？　彼女が円卓会議のメンバーから招待されるように動いていることを、かれは知っていたのだろうか？　そうだとしたら、ばつが悪かった。宇宙ハンザの公認特使と、ウィド・ヘルフリッチが異人のオアシスで話したような胸おどるヴィーロ宙航士の物語とはなじまなかったから。

「それはこの地で政権の座にいる人たちでしょう？」彼女はなに食わぬ顔で訊ねた。

「よく知っているな」パウロッテは褒めた。「円卓会議のメンバーはふつうはあらわれないんだ。自由貿易惑星では、政治の話なんてみんな聞きたくないんでね」

「レセプションは何時からかしら？」ニッキは訊ねた。

「十八時からだ」

彼女は一瞬、ためらった。彼女のスケジュールがまったく空欄であることは、アラルド・パウロッテにはなんの関係もない。彼女は明晩に空きがあるかどうか思案しているように見せかけなければならなかった。

「よろこんでおうかがいするわ」彼女はいった。「もっとも、すこし遅れるかもしれないけれど」

「かまわないよ」パウロッテはほほ笑み、グラスをあげて彼女のために乾杯した。「楽しい夕べになるだろう。客の多くは真夜中すぎまでいるんじゃないかな」

映像は消えた。

*

アラルド・パウロッテの屋敷は海岸のすぐそばの、市内でも数すくないたいらな敷地のひとつに建っていた。地球の地中海様式で建てられた邸宅の周囲にはひろびろとした公園があった。日没直後に、ニッキ・フリッケルとふたりの同伴者たちが到着したとき、茂みにかこまれたわきの駐機場には、すでに何十もの乗り物がひしめき合っていた。到着した客たちをロボットが家まで案内し、パウロッテに迎えられていた。

ウィド・ヘルフリッチとナークトルはこの催しにふさわしい服装をしていた。パテンべふう最新モードの紳士服、すなわちきらめく金属素材で作られた燕尾服に似た服だ。ニッキは悩みに悩んだ末、上下つなぎの乗員用コンビネーションを着ることに決めた。いやな予感があったからだ。多様な技術装備とコンビネーションの組み合わせにより、彼女の安全が確保された。ニッキはそれだけでなく、小型のコンビ銃を身につけていた。もっともホルスターにではなく、ポケットのなかにかくしてだが。

「来てくれてうれしいよ」アラルド・パウロッテは挨拶した。「パーティはたけなわだ。招待客と交流してくれ。みな例外なく、とても感じのよい人たちだとわかるだろう」

パウロッテがレセプションと呼んでいたような催しには、実際にはならなかった。招待客は大きな邸宅の趣味よく飾られた部屋を気軽に動きまわる。スピーチなどなかった。招待客の大半はグラドだったが、ほかの種族も多数いたばかりでなく、テラ出身の招待客もふたりいた。制服姿のロボットたちが、食べ物と飲み物を配っていた。まるでテラのカクテルパーティのようだった。とてもにぎやかで、招待客はみな楽しんでいた。気晴らしは、音楽を演奏したり、曲芸を披露したり、短い、おもにコミカルな寸劇を演じたりするグラドの芸人たちによって提供されたが、いたってひかえめにおこなわれていた。音楽を聴いたり、手品を見たり、コメディアンを笑ったりすることに興味がない者は、ほかの部屋に行くだけでよかった。到着して早くも十分後には、ニッキはこれまでに招待されたどのパーティよりも、みごとに企画されたパーティだと確信した。

ウィド・ヘルフリッチとスプリンガーは話し相手を見つけるのに苦労しなかったらしい。かれらは招待客のなかに紛れこんでいた。そしてまもなく、ウィドが大声で、七百年のあいだエスタルトゥ銀河であてどなく放浪していたため、局部銀河群での出来ごとなどまったく知らないヴィーロ宙航士の冒険話をしはじめた。ナークトルも同じテーマで話したが、かれの話はさまざまな逸話をつなぎ合わせたもので、乾いたユーモアでみごとに味つけされていたため、聞き手たちは笑いがとまらなかった。

それに反してニッキは居心地がよくなかった。ここ何日間か、ときおり感じた不安感が、あらためて忍びよってきたのだ。彼女はワインに似た飲み物の入ったグラスをとって、背の高い観葉植物で陰になったすみの座席エリアに退いた。

その三十分後、アラルド・パウロッテがあらわれた。

「わたしのパーティがお気に召しませんかな」かれは心配そうにいった。「あなたの気分を引き立てるには、なにをすればいい？」

「あなたや招待客のせいじゃないわ」ニッキはすまなそうに答えた。「わたしは……ああ、わからない……自分でかってにふさぎこんでるのよ」彼女の笑い声には精彩がなかった。「昔、故郷ではなんていったかしら？　たぶん、けさは虫の居所が悪いの」

　この古風な言いまわしが、かれを元気づけた。かれは制服姿のロボットを呼びよせ、ロボットのもっている盆から、赤く光る液体を満たしたグラスをふたつとった。

「この飲み物は用心して味わう必要がある」パウロッテは陽気な調子で警告した。「だが、心が緊張しているときには、驚くほどよく効くんだ」

　彼女はおずおずしながら、すこしずつ飲んだ。パウロッテは大げさにいったのではなかった。飲み物は火のように喉を駆け抜けていった。

「あなたが円卓会議執行部のメンバーに連絡をとりたがっていると聞いた」パウロッテは、まったく思いがけないことをいった。「よかったら力を貸そうか？　たぶんあなたの思っているとおり、わたしには役に立つコネがある」

　思いがけない話題の転換は、ニッキをすこしうろたえさせた。彼女は懸命にグラスをいじり、パウロッテを見つめないようにしていた。こうした瞬間がくるかもしれないと予想しておくべきだったのだ。

「わたしが宇宙ハンザの公認特使として活動していることはご存じよね？」彼女は訊ねた。

「そうだ。そう聞いている」かれは率直に認めた。「そして、すこしばかり驚いている……」

「驚く必要はないわ」彼女はかぶりを振った。「わたしたちの話はとんでもないものだから、だれもそれを信じないのよ。だから、わたしたちはヴィーロ宙航士のおとぎ話をでっちあげたってわけ。あのとき、あなたはわたしたちにとっては見知らぬ人だった。あなたに嘘をついたからといって、悪気《わるぎ》があったわけじゃないの」

「ああ、まさか！」パウロッテはとんでもないというようすでいった。「あなたたちをとがめる者なんていないよ。困難なミッションの途上にある者が仮面をかぶったからといってね。商人のわたしも、しばしば似たような状況に置かれるものだ。だが、つまり……」

「ほんとうはどうだったんだね、ってこと？」ニッキはため息をつき、いやいやながらもある決心をしたふりをした。「まあ、いいわ。話しましょう。だから、あなたのほうも、こんなとほうもない話を分別のある聞き手に聞かせていいものかどうか、いってほしいの」

＊

わずかながら疑いがのこっていたため、真実のすべてを話すことはしなかった。彼女はハンガイ銀河の最後のクォーターといっしょに、タルカン宇宙から通常宇宙へともどってきた銀河系船団の二隻の宇宙船のことを話した。つまり、《ソロン》と《シマロン》のことを。彼女はレジナルド・ブルを《シマロン》の指揮官だといったが、ペリー・ローダンについてはひとことも話さなかった。アラルド・パウロッテは約七百年前に、十三隻の船からなる船団がローダンを探すためにタルカン宇宙に進撃したことを知らなかった。それゆえ、彼女が嘘の答えをしなければならないような、きわどい質問をかれはしなかった。だが、レジナルド・ブルの名前はよく知っていた。かれはローダンの昔の仲間がまだ生きていることに、驚いて飛びあがった。

　ニッキは停滞フィールドでの滞在、それがほんとうはどのようなものであったかを話した。彼女は詳細をはぶきながら、それ以来なにが起きたのかを知らせた。サトラングのエピソードははぶいた。不死者のひとりが死にいたったことなど、だれも知る必要はないから。

「わたしたちの状況がわかったでしょう」彼女は締めくくった。「つまり、あなたがわたしの話を信じたとしてだけど」

「疑う理由はない」パウロッテはすばやくいった。

「わたしたちには故郷がないの」ニッキはつづけた。「定住できる場所が必要なの。そのために、かつて人類と共生していた種族の政府との公式なつながりが必要なのよ。わたしたちは、宇宙ハンザがいまもなお存在しているのかどうか知らない。でももし存在しているのなら、レジナルド・ブルはまちがいなく、自分をその全権大使だと称する権利があるわ。《シマロン》は《ソロン》と同じ任務を帯びて航行中なのよ。連携したがっているの」

アラルド・パウロッテは考え深げに前方を凝視していた。ニッキはかれを仔細《しさい》に観察していた。彼女の話は論理的には穴だらけだったし、詳細な吟味には耐えられない。重要な問題は、二百の太陽の星の司令官であるゴラシュが、銀河系船団との出会いについて、どの程度まで本国に伝えているか、だった。

「わたしの友のひとりが、あなたを助けてくれるかもしれない」パウロッテは唐突に話しはじめた。「あなたが興味をもちそうな情報をもっているように思う」

「どういう種類の情報を？」

「かれは〝四本腕の預言者〟についてなにかを知っている」

ニッキは跳びあがった。「わたしたち、かれの痕跡を追っているのよ！」彼女は言葉を押しだした。「四本腕の預言者とは、ハルト人のイホ・トロトその人よ。それで、あなたの友というのは……」

「わたしにも、ようやく納得がいった」パウロッテはいった。「ハルト人の姿については、多くの伝説がまつわりついている。それはいまもまだ話題になっている」

「あなたの友の名前は？　ここにいるの？　かれと話ができるかしら？」

アラルド・パウロッテは手をあげ、寛容なほほ笑みを浮かべた。

「いっぺんに、たくさんの質問をしないでほしいな」かれはたのんだ。「トリンダルラーは出かけていて、きょうの招待には応じなかった。かれはこの国でもっともすぐれた媒体伝達士のひとりで……」

　かれはニッキが顔をしかめるのを見て、急いで説明した。

「あなたがなにを考えているのかはわかる。いんちき、手品、奇術、そうじゃないかね？　たしかにトリンダルラーは多少はそれもやっている。だが、四本腕の預言者については、ほんとうになにかを知っているようだ。それについて話す機会をかれにあたえても、損にはならないだろう」

「了解したわ」ニッキはいった。

「かれはあす、もどってくるはずだ。もしよければ、わたしはよろこんでかれとの会合をとり決めるが」

「お願いするわ」ニッキはグラスからぐいと飲んだが、そのせいですこしのあいだ息がとまりそうになった。

　パウロッテはそれに気づいて笑った。

「注意しただろう。そいつは危険だと」

「もうだいじょうぶよ」ニッキははげしく息を吐いた。目に涙が浮かんでいた。「二度めだもの、あなたの忠告をぜったいに忘れないわ」

「あなたにある人を紹介してもいいかな？」パウロッテは訊ねた。

「だれを？」

「さらなる良き友だ。名前はアロングプジャラト、円卓会議執行部の記録係だ」

注意して飲んだアルコールのおかげで、彼女は温かく快い気分になった。不安定な感じは跡形もなく消えていた。

「どうぞ、ぜひ」彼女はいった。「記録係とはぜひとも知り合いになりたいわ。その名前が発音できるあいだに」

*

アロングプジャラトはハンサムな初老のグラドだった。丹念に巻き毛をととのえた金色のたてがみが豊かに肩に垂れていた。身長百七十五センチメートルのかれは、明らかにかれの種族の平均よりも背が高かった。流行に反して、かれはズボンとハウスコートを着用していて、とても魅力的で、インターコスモでニッキ・フリッケルと話をした。

「噂によれば、宇宙ハンザはいまなお、局部銀河群のいくつかの区域で活動中だとのことだ」かれはいった。「たしかに、われわれ自身とはなんの関係もない。だからといって、そのような関係に興味がないというわけではないよ」

自己紹介のさい、パウロッテはニッキが伝えたことを、短い言葉でくり返した。アロングプジャラトはレジナルド・ブルがまだ生きていることに驚き、この伝説的なテラナーに敬意を表した。

「おわかりのように」ニッキはいった。「わたしたちには、請願者としてあちこちに旅をし、人類の友であるかたがたにわれわれの特別な立場を認めてもらうよう願う以外に、道はのこされていないんです。わが故郷である銀河系は封鎖されている。でも、銀河系の外にはテラ出身の者たちが大勢いて、わたしたちはその者たちにあらたな故郷を提供したいと思っているの」

「あなたたちの願いはよくわかる。わたしはよろこんで手を貸したい」アロングプジャラトは礼儀正しくいった。「円卓会議のメンバーはみな、あなたの要望を親身になって聞くにちがいない。しかし、そのように重要なことは、われわれの共通の友、アラルド・パウロッテが主宰する、恐ろしい飲み物で招待客の思考を混乱させるようなパーティでは話さないほうがいい……」

かれは顔をしかめ、満足げにくっくっと笑った。自分の言葉が本気で受けとられまいとするかのように。

「わたしもまったく同意見よ」ニッキは賛意を表明した。「もし可能なら、わたしの報告を……」

彼女は話のさなかで中断した。突然、なにをいおうとしたのか、もうわからなくなった。頭が混乱してきた。アロングプジャラトは驚いたように彼女を見つめている。ニッキは周囲の世界が彼女から遠くへ退いていくように感じた。まるで双眼鏡をひっくり返して見ているかのように、長い筒を通して豪華に飾られた部屋と大勢の招待客を見た。パーティの雑音はうつろで、反響して聞こえた。

「ダニー！」背景から声が響いてきた。

そのとき、ニッキの意識に衝撃がはしった。なにをなすべきかがわかった。小型のコンビ銃をかくしたポケットに手が伸びる。武器の感触は冷たく硬かった。それが彼女の心をおちつかせた。ニッキは自分の行動の狙いと目的をはっきり見きわめていた。彼女は殺さなければならなかった。なぜなら……

彼女はテラニアで焼死したあの無力な子供の復讐をしなければならなかった。

稲妻が視界を横ぎった。爆発音とうなるような音を響かせながら、針のように細いインパルス・ビームが部屋を突き刺した。悲鳴があがった。ニッキは肩をつかまれ、旋回させられるのを感じた。恐怖にゆがんだ顔がすぐ目の前に見えた。

そのあと突然、あたりは暗くなり、静まり返った。

6

ニッキ・フリッケルは混乱してあたりを見まわした。周囲は見慣れたものだったが、自分がどこにいるのかがわかるまでしばらくかかった。彼女が休んでいる快適なベッド、実用的でありながらも美しい家具、田園風景のシミュレーション画像……《ソロン》船内の医療ステーションの病室はこのような設備だった。

彼女は飛び起きた。

「さあさあ、休んで」背後から心配そうな声がした。

ナークトルがベッドの頭のほうから彼女の視界にあらわれた。彼女はしばらくのあいだ、言葉もなくかれを見つめていた。なにが起き、どうやってここまできたのか、自分の記憶が説明してくれますようにと願いながら。

「なにがあったの？」彼女は訊ねた。

「だれかがきみの脳に意識ブロックをひそかにしこんだんだよ」スプリンガーは答えた。

「きみは突然正気を失って、アロングプジャラトを撃とうとしたんだ」

その名前が反響を生んだ。アロングプジャラト。円卓会議執行部の記録係。レセプションがあった。パーティが……記憶の断片が……はじめはあらわれるのを渋っていたイメージがひとつまたひとつと増えてきた。

「いつのこと?」ニッキは訊ねた。

「六時間たらず前」ナークトルはいった。「われわれは運がよかった。ウィドとわたしはきみの奇妙なふるまいに気づいたんだよ。きみの腕をつかんで、武器を奪うのに間に合った。すべては一瞬の出来ごとで、だれもきみに危害をくわえなかった。それなのに、きみは突然意識を失ったんだ」

ニッキはかぶりを振った。不意になにかを思い出した。

「だれかが〝ダニー〟と叫んでいたわ」彼女はあわてていった。「あれはだれだったの?」

「わからん」ナークトルはいぶかしげに答えた。「大事なことか?」

「あの叫びを聞いた?」

「みんな聞いたはずだ。でも、なぜ……」

「あれが引き金だったの!」ニッキはうなるようにいった。「焼けただれた少年はダニーという名前だった。だれかがかれを呼んでいたけれど、かれはもう返事をすることができなかった。覚えてる?あなたのヴィジョンには、あの少年はあらわれなかったのよね。あのとき、ベルトララムのところで」

「ははあ！」ナークトルはいうと、陰気な顔になった。

「〝ははあ〟って、どういう意味？」

「もちろんわれわれも、ベルトララムがきみの脳にブロックを植えつけたんじゃないかと疑ったんだ」スプリンガーはいった。「ヴィジョンを誘導し、意識に影響をあたえる……そんなことは、かんたんにできるからな。それについてアラルド・パウロッテと話をしたんだ。かれはすぐに疑念をいだき、調査してくれたよ。媒体伝達士ギルドによれば、ベルトララムという名前のメンバーはいないってさ。パウロッテとウィドは、ベルトララムが二週間前にわれわれを招き入れた家まで行った。空き家だったよ。家主の話では、もう一年ものあいだそこは空き家だったってことだ」

　ニッキはさっと額をなでた。

「いったい、なぜこんなことを？」彼女は混乱して訊ねた。「あの男の狙いはなんだったの？」

「ベルトララムがなにものであるにせよ」ナークトルは答えた。「きみの信用を落とそうとしたのか、あるいはアロングプジャラトを排除したかったのか、そのいずれかだろうな。または両方かもしれない。もし〝ダニー〟がほんとうに引き金の言葉だったのなら、それが正しい瞬間に叫ばれるように気をつけたはずだ。ひょっとしてベルトララム自身が変装して招待客に混じってたのかもな。もしかしたら、あいつは自分の代理を送りこんだのかもしれない。その点について、パウロッテと話をする必要がある」

「なんとまあ、パウロッテ！」ニッキはうなった。「その騒ぎのとき、かれはどういう反応をしめしたの？　それから、アロングプジャラトは？」

「理解のある態度だったというべきだろうな」スプリンガーはいった。「最初はどうしようもなく混乱していた。だけど、パウロッテもアロングプジャラトも、きみが自発的にあのような行動をするのは、およそありえないことだってすぐにわかってくれた。かれらは助けを申し出たが、ウィドとわたしは《ソロン》で治療するといい張ったんだ」

「治療はどんなぐあい？　わたし、また、はっきり思考できるようになるかしら？」

　ナークトルはうなずいた。

「ブロックが活性化してトラウマを引き起こした。それによってブロックは大部分破壊されたんだそうだ。のこりは精神物理学者がとりのぞいたよ」

　ニッキは思いに沈んでいた。もし自分が円卓会議執行部の記録係を撃っていたとしたら、どうなっていただろう？　彼女は逮捕され、裁判にかけられただろう。パウロッテの制服姿のロボットがつかみかかり、彼女を取り押さえたにちがいない。いずれにしても、彼女のミッションは終わり、アイシュラン＝ホの責任ある者は宇宙ハンザと関係を結ぼうとは二度と思わなくなっただろう。それが目的だったのだろうか？　背後の権力者に、銀河系船団の宇宙船たちが故郷を喪失したままでいることが重要なのか？

「ありがとう」ニッキはいった。「あなたとウィド。未知の者たちがなにをもくろんでいたか知らないけれど、あなたたちはその計画を打ち砕いてくれたわ」

ナークトルは当惑したが、かれらしく、悪口を浴びせることでその当惑を消し去った。

「まったく女ってやつは！」かれは悪態をついた。「一瞬たりとも目をはなすことができないんだからな！」

＊

「ゆっくり休んだほうがいい」アラルド・パウロッテはやさしくいった。

「もうすっかり元気になったわ」ニッキ・フリッケルはきっぱりと答えた。「わたしはこの件を徹底的に調べたいの。アイシュラン＝ホ政府のご厚意を無にしたくないから」

正午に近かった。ニッキは朝早く《ソロン》からタイムレス・ホテルにもどった。二、三時間後、パウロッテが訪問を予告してきたのだ。

「あなたは円卓会議のメンバーとのあいだに、なんの問題も起こしていない」パウロッテは彼女を安心させようとした。「アロングプジャラトは、あなたの置かれた立場を完全に理解している。あなたをサイコパスだとかれに思わせる理由は皆無だ。かれはあなたを信じており、これまでと変わらず歓迎する心がまえでいる」

「それだけでは不十分なのよ」ニッキはしつこかった。「最初にわたしをおとしいれようとした者は、二度めもやるにちがいないわ。政府自体も、見知らぬ者に悪行をやめさせることに関心があるはずよ」

「政府はなによりも、アイシュラン＝ホの平安を維持することに関心をもっている」アラルド・パウロッテはいった。「平和と貿易は妨害されてはならないのだ。まあなんというか、ボートを揺らしすぎないかぎり、いかがわしい連中には片目をつぶって、したいようにやらせておくということだ」

「ここの連中と折り合いをつけるのはかんたんそうね。そうじゃない？」ニッキはがっかりしていった。

パウロッテは肩をすくめた。

「わたしは商人だ」かれは答えた。「当局とはうまく折り合いをつけている。わたしはグラドのしきたりや慣習、なによりもアイシュラン＝ホの人々の気質に合わせる必要があるからだ。わたしはトラブルメイカーではないし、たとえそうなりたいと思っても支持はえられないだろう。この惑星には、テラ出身者はせいぜい二百人しかいない。われわれに革命が起こせると思うか？」

「ごめんなさい、あなたの気を悪くするつもりはなかったのよ」ニッキはあわてていった。「マゼラン星雲や局部銀河群のほかの銀河には宇宙ハンザの支部がたくさんあったわ。みんなどこに行ったのかしら？」

「それはだれにもわからない」パウロッテは憂鬱《ゆううつ》そうにいった。「わたしは商売のために多くの世界に行っている。すくなくとも数十の閉鎖された宇宙ハンザのオフィスを知っている。建物のほとんどが地元当局によって接収されていた。ハンザの人々がどうなったのかはだれも知らない」

ニッキの眼前に恐ろしいヴィジョンが生じた。非常にすぐれたテクノロジーをもつ未知の勢力が、テラの人類を絶滅させようとしていた。その勢力は、超越知性体〝それ〟がいなくなり、人類を助けられなくなったときを利用した。それが銀河系が封鎖された理由だ。だれも大量殺戮を目撃できないようにするためだ！　だが、故郷の銀河系の内部で猛威をふるっただけでない。未知の敵は銀河系の外部でも、人類を狩り、抹殺したのだ。

彼女は暗い思いをはらいのけた。そんなはずはない。人類を絶滅させることなどできない。どこかに明らかにされなければならない秘密がかくされているはず。それさえ見つければ、すべてが理解できるかもしれない。

「〝ダニー〟と叫んだのはだれなの？」彼女は本気で訊ねた。

「だれも知らない」アラルド・パウロッテは答えた。「ほとんど全員がその叫びを聞いていた。だが、だれも叫んだ者を確認できなかった。じつにおかしな話だ。わたしは昨夜その場にいた招待客全員を個人的に知っている。そのなかにベルトララムはいなかった。それは保証する。かりにベルトララムの代理人がいたとしたら、じつに驚くべきことだ」

ニッキ・フリッケルはじっと前方を凝視した。

「また謎が増えたわね」彼女はきびしい調子でいった。「謎に終わりはないみたい。アロングプジャラトに連絡をとって、わたしの切なる願いを円卓会議のメンバーに伝えてもらうよう頼んでみるわ。でもその前に、もっと重要なことがあるの。あなたの友人の媒体伝達士に会いたいんだけど、なんていう名前だったかしら？」

「トリンダルラーだ」パウロッテは乗り気になって答えた。ニッキが興味をもったことをよろこんでいるようだった。

「そうね、そんな名前だった。いつかれに会えるかしら？」

「けさからまたパテンベに戻ってきている」パウロッテはいった。「かれと話をした。かれはいつでも、きみのために降霊会を開いてくれるそうだ。そのときに四本腕の預言者についても、もっとくわしく知ることができるだろう」

ニッキは両手を振って、拒否の意志をしめした。

「降霊会はもう勘弁してほしいわ！」彼女は抗議した。「もしトリンダルラーがふつうの方法ではイホ・トロトのことが話せないのなら、かれから情報をもらうのは断念するわ」

パウロッテはそれが気にいらなかったようだ。かれはすこし悲しげなようすをした。「あなたの気持ちはよくわかる」かれはいった。「あんな体験をしたあとでは、二度めの降霊会を信頼してまかせるのは気がすすまないだろう。その一方で、トリンダルラーには職業倫理があって、降霊会以外の方法で自分の発見を伝えることは禁じられているのだ」かれはニッキがなにかいうのを待っていた。だが、彼女が黙っているので、最後にこうつづけた。「もう一度、かれと話してみよう。もしかしたら、なんらかの手はずをととのえてくれるかもしれない」

アラルド・パウロッテが立ち去ったあと、ニッキは横になった。前夜の出来ごとは思った以上に彼女を疲弊させていた。四時間ほど夢も見ずに熟睡したあとは元気を回復し、意欲にあふれていた。いくつもの謎の解決に本気で取り組むべきときがきたのだ。

まず、公的な情報案内に問い合わせ、媒体伝達士についての情報を引きだした。情報案内は、この業種の所属メンバーをその能力によって選別するのは権限外だと説明した。「しかし、ほかの方法でそれと同等の情報を手に入れることはできます」人工の声はこざかしくいい添えた。「もっとも多額の謝礼金を要求し、同時にもっとも長くこのビジネスにたずさわっている業者は、明らかにもっとも尊敬されています。謝礼金の料金体系と創業年月日はお調べできます。お望みですか？」

「ええ」ニッキはいった。「選別して、最初の二十人を教えてちょうだい」

あっというまに画面に名前がうつしだされた。トリンダルラーはそのトップにいた。

「それで充分」ニッキはいった。「ありがとう」

*

「同伴者もなしに、真夜中に人里離れた家に行くもんじゃない」ナークトルは不満を述べた。「もう充分だろう？ 自分から災《わざわ》いを招く必要があるのか？」

ニッキはがまんしていた。スプリンガーがほんとうに心配していっていることはわかっていたから。

「ほかの条件では、トリンダルラーが同意してくれなかったのよ」彼女は強く訴えるようにいった。「イホ・トロトについての記録文書をこっそりわたしに見せるなんて、かれにとって職業倫理に反する行為なの。ほんとうなら、かれは降霊会を開いて、何千レングイも請求する必要がある。でもかれはパウロッテの友人だから、こんなやりかたで伝えてくれることになったってわけ。料金はないも同然」

「いくらだ？」ウィド・ヘルフリッチは知りたがった。

「五百レングイ」

「まともだな」ウィドは褒《ほ》めた。

しばらくのあいだ、沈黙が拡がっていた。そのあと、ウィドがまたはじめた。

「なぜ、このアイシュラン＝ホのような文明世界に、こんなに多くの媒体伝達士がいるんだろうな？　ほんとうのところ、あいつらは評判のいい手品師か、手相占い師でしかないのに」

「それは想像がつく」ナークトルは考え深げに答えた。「わたしの仮説が正しければ、媒体伝達士の顧客の大半が、ギャラクティカーの関係者から成り立っているからだ」

「どういうことだ？」ウィドは好奇心をしめした。

「銀河系は何世紀も孤立している」ナークトルはいった。「ブルー族、アコン人、テラナー……だれも帰郷していない。さらに悪いことに、銀河系からなんの知らせもない。そこでなにが起きているのかだれも知らない。自然な方法では探りだせないことでも、超自然的な方法を使えば究明できると信じる者に向けての市場のすきまが存在するわけだ。さらにまた、媒体伝達士たちはどうやら一流の技術者でもあり、かれらの研究室の装備はしみったれたものではない。もし故郷がどうなっているかどうしても知りたかったら、占い師のところへだって行くだろうさ。連中がもっともらしい話をするだけだってわかっていたとしてもな」

ウィドはゆっくりと、うなずいた。

「そうなるかもな」かれはいった。

しかし、ナークトルは媒体伝達士が存在する理由などには興味がなかった。かれの心に重くのしかかっているのは具体的な心配だった。

「では、ひとりでそこへ行くのか？」かれはニッキに訊ねた。

「ひとりというわけじゃないわよ。パウロッテが迎えにきて案内してくれるから」

「いつ？」

「あすの午前一時」

「われわれが、あとをつけていく」ナークトルはいった。「パウロッテとトリンダルラーには気づかれないよ。われわれはきみから一瞬も目をはなさない」

「問題外よ！」ニッキの反応は、反論を許さないものだった。「あなたたちはこのホテルにとどまっているか、それとも市内のどこかで楽しいときをすごしてちょうだい。でも、わたしのあとはつけてこないで」

ナークトルとウィドはたがいに見かわした。

「このご婦人は本気だ」ウィドはぼそぼそいった。

スプリンガーは、ぎごちなくうなずいた。

「彼女は自分がなにをしたいかわかっている」

＊

アラルド・パウロッテは時間どおりにあらわれた。いつものようにおしゃべりで愛想がよかった。かれは記録係のアロングプジャラトと話をしたこと、あすの午後ニッキを迎える用意があり、円卓会議のメンバーに提出する文書のことで彼女と相談したいとのことをニッキに伝えた。ウィド・ヘルフリッチとナークトルはニッキに別れを告げるためにやってきて、トリンダルラーとの話し合いが幸運にめぐまれますようにといった。

「まるでわたしが世界旅行にでかけるみたいな態度ね」ニッキはからかった。

「そうじゃない」ウィドは慎重にいった。「だが、イホ・トロトについていま以上のことを知るのはたしかに重要だ」

「心配しないで」ニッキは笑った。「かれがもう二度とわたしと会いたくないと思うほど、しつこく訊くから」

パウロッテのグライダーはホテルのひろい駐機場にとまっていた。パウロッテはオートパイロットに行く先を教え、シートにもたれかかった。

「かれらはあなたのことをとても気づかっている」かれはいった。

「ウィドとナークトル？」ニッキは訊ねた。「ええ、まあ。わたしたちはいい友だから。知り合って何年にもなるわ。あのふたりなしで宇宙船の任務をするなんて、想像もつかない」

「でも、あなたはかれらの上司だろう？」パウロッテは知りたがった。

「ええ」かれの質問のなにかが、彼女には不快に感じられた。「なぜ？　ふつうじゃないと思うの？」

　かれは困惑して笑った。

「いいや、ぜんぜん。かれらは、ずっと……あなたよりタフな感じがする」

　会話はニッキの好まない方向に向かっていくようだった。テーマを変えるのはむずかしいことではなかった。

「けさ、あなたはいったわね。宇宙ハンザがどうなったのかだれも知らないって」彼女は話しはじめた。

「そのとおり。わたしはそういった」

「二週間ほど前、わたしたちが到着した直後に、円卓会議の事務局長と連絡をとろうとしたの」ニッキはつづけた。パウロッテに彼女の疑惑を感じさせないように、軽《かろ》やかで、こだわりのない口調で。「当然ながら、成功しなかったわ。でも、すくなくとも、事務局長の秘書のかたと話をする機会を得たわ」

「バーインタヴかな？」パウロッテは訊ねた。楽しげな口調だった。

「そう。わたしは彼女に事務局長と、宇宙ハンザとアイシュラン＝ホ政府との公的な関係について話ができるよう手配してもらいたいと説明したのよ」

「そして、バーインタヴはそのあと……？」

「彼女の知るかぎり、そういう関係はすでに存在しているってね」

「ははあ！」アラルド・パウロッテはいった。「で、それが、宇宙ハンザになにが起こったのかだれも知らないという、わたしの主張と矛盾していると思っているわけだ」

「わたしにはそう思えるわ」ニッキは認めた。

「円卓会議にあなたが出席したら、バーインタヴに会う機会があるだろう」パウロッテはいい、たったいま自分の言葉の真実性が疑われたことには、まったく無頓着であるかに見えた。「彼女は、あなたが画面で見たのとはちがって見える。それに声もちがう。彼女はたしかに優秀な秘書だが、円卓会議の仕事についてはなにも知らないんだ。なぜ彼女は事務局長との話し合いを仲介することができなかったんだね？」

「国外に出張中だからって、彼女はいっていたわ」

「ふむ、それはありうることだ」アラルド・パウロッテはうなずいた。「いいかね、彼女はあなたの希望を満たすことができなかったから、あなたの要求をできるだけ重要でないように見せようとしたんじゃないかな」

　その理屈は、ニッキにはかんたんに納得できるものではなかった。だが、グラドの気質のなにがわかるというのだろう？　グライダーは道路をまがり、峡谷のなかへとおりていった。上方高く、真夜中の空にいくつもの太陽灯が浮かんでいたが、すぐに見えなくなった。あたりは真っ暗になった。乗り物のヘッドライトだけがぎらぎらした楔《くさび》形の光を暗闇に投げていた。

「どうしてトリンダルラーはこんな辺鄙《へんぴ》なところに住んでいるの？」ニッキは知りたがった。

「媒体伝達士は秘密主義者で、あまり他人と関わりたがらないんだ」パウロッテは上機嫌で答えた。「もしかれらがテラナーのメルヘンが伝えるような過去にいたとしたら、おそらく頭にとんがり帽子をかぶり、鼻にいぼをつけ、肩に黒猫を乗せて、深い森のなかのお菓子の家で暮らしていたかもしれない」

グライダーは左に旋回した。そこに、わきの峡谷から山脈の岩塊にいたるせまいわき道があった。数百メートル進むと幅がひろくなって盆地をかたちづくり、そのなかに木々にかこまれたグラドふう建築様式の家が建っていた。家はちいさく、ほとんど小人の家といってもいい印象をあたえた。ニッキがそれに驚いていることにパウロッテは気づいたようだった。

「かなりみすぼらしく見える、そうだろう？」かれはいった。「錯覚なんだ。トリンダルラーの研究施設は、この家のうしろの岩壁の内部に数百メートルも延びているんだ」

グライダーは家の正面玄関のすぐ手前に着陸した。ニッキと同伴者が三メートルも近づかないうちに、ドアが開いた。明るい光が輝いていた。ニッキが先に進み、アラルド・パウロッテがあとにつづいた。なかに入ると、ドアの向こう側に家具がまばらに置かれたひろい部屋があった。両側と奥にカーテンのかかった廊下があった。カーテンは閉められていた。

ドアから数メートルはなれたところにひとりのグラドが立っていた。簡素で実用的な服装をしている。かれはニッキ・フリッケルには一瞥《いちべつ》もくれず、そのかわり敬意をこめた目でパウロッテを見た。

「万事順調か？」パウロッテはグラド語で訊ねた。

実用的な服装の男は無言で、同意の身ぶりをした。

「ではこれ以上、時間をむだにさせないでくれ」パウロッテはいった。「かれはどこだ？」

ニッキの本能は、このグラドを見たときから、すでに大きな警戒信号を送っていた。ここはどこかおかしい。ことの進展が早すぎる。彼女には反応する余地がなかった。ドアから外に出て帰りたかったが、彼女のうしろにはパウロッテが立っていて道をふさいでいる。彼女はホテルのショップで小額のレングイをはらって購入した快適な服を着ていた。武器も、それ以外の装備も身につけていない。ナークトルとウィドに知らせるためのマイクロカムさえもってきていなかった。

カーテンのひとつが開いた。さらにふたりのグラドがあらわれた。かれらもまた、前にいる仲間と同じ服装をしていて、ふたりのあいだには華奢《きゃしゃ》な体格のシャンガントがいた。身長は一メートル五十センチにも満たず、目には不安があらわれていた。白髪は乱れ、顔にできた黒っぽい痣《あざ》から察するに、殴られたようだった。かれはホログラム画像が織りこまれた銀色のローブを着ており、そのホログラムは見る者の角度によって頭がおかしくなるほどの速さで変化した。

「ここで、なにが起きているの？」ニッキは腹だたしげに叫んだ。

四人めのグラドが玄関から入ってきた。

「見慣れない乗り物がくる」かれは興奮しながら報告した。「峡谷にそってきます」

「くそっ！」パウロッテがののしる。「友にあとをつけるよう、そそのかしたのか？」

「そうしていればよかったわ！」ニッキは叫んだ。「わたしはすぐに……」

パウロッテは彼女をあっさり投げ飛ばした。唖然とするほどの力だった。ニッキは壁にたたきつけられた。その衝撃で肺から息が押しだされ、なかば朦朧《もうろう》とした状態で、アラルド・パウロッテが命令をくだすのを聞いた。

「ふたりを連れていけ！　時間をむだにするな。わたしが、しんがりをつとめる」

ひとりのグラドがニッキめがけて向かってきた。いつでも撃てる状態の武器を手にしている。ニッキに抵抗のチャンスはなかった。だが、まったく無抵抗のまま引きずられていきたくはなかった。彼女は筋肉を緊張させた。チャンスはこの一回しかない。グラドにとって、彼女の反撃はまったく思いがけないものだった。ボックスキックの一撃は、すさまじい勢いでかれの手首に命中した。かれは悲鳴をあげながら武器を落とした。ニッキはさっと横に身を投げようとした。ドアへの道は空いていた。戸外の暗闇なら、どこかにかくれ場が見つけられるはずだった。

「このおろか者」背後で、腹立たしげな声がした。

ニッキは後頭部をはげしく殴打された。彼女は床に倒れた。倒れながらも自分を殴ったのがアラルド・パウロッテだとわかった。彼女は床への衝突をもう感じなかった。すでに意識を失っていたから。

7

ウィド・ヘルフリッチとナークトルが意思疎通するにはすばやく目を見かわすだけで充分だった。ニッキ・フリッケルとアラルド・パウロッテがホテルのスイートルームを出ていってから一分たっていた。かれらはとっくにデグラヴ・リフトに着いているはずだ。ウィドとスプリンガーは急いであとを追った。リフト内で、ふたりはサーボに地下のガレージまでもっとも速い方法でいくようにと命じた。この計画のために、あらかじめ配慮して借りておいたグライダーはリフトの出口から数メートルしかはなれていないところにとまっていた。ふたりは車輛の背後にかくれ場を探した。一分後、ニッキと同伴者があらわれた。かれらが出発するまでに時間がかかった。パウロッテは自分の乗り物めざしてゆっくりと歩いていき、ニッキが乗るのを手伝うことで紳士であることをしめした。その直後、かすかにエンジンがうなりはじめた。グライダーは床から五十センチメートル上昇し、出口ランプに向かって浮きあがった。

ウィドとナークトルは時間をむだにしなかった。かれらは夜間の出撃のために、充分な準備をととのえていた。トリンダルラーがどこに住んでいるか調べ、航空交通無線制御装置がどのように機能するかも知っていた。かれらはランプから高速で飛びだし、パウロッテの乗り物が地面のわずか上を、上方に向かって動いているのを見た。どうやら、パウロッテは急いでいないらしい。いずれにせよ、一時まで、あと四十分以上あった。ナークトルはグライダーの高度をあげ、無線制御センターに優先条件を依頼した。理由はいわなかったが、この時間、町の上空の交通はごくわずかだったので、センターにナークトルの願いを断る理由はなかった。

ナークトルはオートパイロットに、もっとも速い方法で目的地に着くよう指示をあたえた。その結果、グライダーは時速五百キロメートルの速度に達し、交通量のすくない飛行レーンを突き進んだ。

「ただひとつ失敗する可能性があるとしたら」ウィドはいった。「パウロッテが、そもそも彼女をトリンダルラーのところに連れていかないことだ」

「おちつけよ」ナークトルはつぶやいた。「たぶん、われわれのこの遠出はむだになるだろうな。パウロッテは誠実で礼儀正しい男だ。あいつはニッキをトリンダルラーのところに連れていき、そしてちゃんともどってくる。われわれが夜空をさまよってるあいだにな」

二分たらずでグライダーはこれまでのコースを離れ、ずっと下へと滑りこんでいった。

道路が見えてきた。峡谷のなかをくだっていくその道路は、数キロメートル先に分岐点があり、そこから左に枝わかれした道がせまい岩の切り通しへとつづいていた。グライダーはその方向に向かっていった。

「目的地まであとどれくらいだ?」ナークトルは訊ねた。

「六百メートルです」オートパイロットは答えた。

「目標設定を解除しろ」スプリンガーは命じた。

「目標設定、解除しました」グライダーはブレーキをかけた。「こんどはどこへ行きましょうか?」

「この周辺の大きい縮尺の地図を見せてくれ」ナークトルはもとめた。

映像フィールドがあらわれ、地図が表示された。この地域の地形や等高線の詳細と、切り通しの突きあたりにある岩壁にかこまれた盆地状の土地に、建物がひとつあるのを表示した。

ナークトルは岩壁の一点をしめした。

「ここへ向かえ」かれはいった。「ライトはつけるな、ほどよい速度で」

オートパイロットはそれにしたがった。二分後、乗り物はすこしぎしぎしという音を立てながら、むきだしの岩の上にとまった。ウィド・ヘルフリッチは右側のハッチをあけた。

「連絡を切らないように」かれはいったあと、暗闇に姿を消した。
「最初の目標設定の地点にもどれ」ナークトルはオートパイロットに命じた。
ハッチは閉まった。グライダーは上昇し、ほとんど音もなく軽やかに動いていった。

*

ウィド・ヘルフリッチは岩壁のはしまで用心深く進んでいった。かれは乗員用コンビネーションを着ていた。その内側に特別に軽いグラヴォ・パックを装備していた。岩壁の高みから、かれは盆地を見わたした。下のそこには、ほとんど照明がなかった。家の周囲には数個のランプが点灯しているだけで、ウィドにとってはその家はちいさく見えた。家は岩壁にもたれるように建っており、トリンダルラーが岩の一部をくりぬき、居住エリアと研究エリアをそのなかに組みこんだのだろうと、ウィドには察しがついた。家から遠くはなれた葉の密生した木々の背後に、二機のグライダーがとまっていた。ランプの明かりはそこまではとどいていなかった。ウィドはその二機を見たというよりも、かすかに感じとった。そして探知装置によって、そこにはたしかに二機の乗り物があることを確認した。驚くにはあたらなかった。トリンダルラーのような高名で多忙な媒伝達士なら、グライダーを二機持つゆとりがあるだろう。だがなぜ、こんなに家からはなれたところにとめているのだろう？

ウィドが右耳のうしろの皮下に装着していたごくちいさな装置、マイクロカムが反応した。

「役にたつかくれ場を見つけた」ナークトルが知らせてきた。「探知装置では、これまでネガティヴだ。そこはどんなようすだ？」

「静まり返っている」ウィドは答えた。「家の外にはだれも見えない。グライダーが二機、奇妙なことに、だれからも気づかれないように、家から遠くはなれたところにとまっている」

「また幽霊を見てるのかよ」スプリンガーはぶつぶついった。「またあとでな」

ウィドはできるだけ気楽にかまえた。これまで感じていた不安はしだいに消えていった。おそらくナークトルが正しいのだろう。アラルド・パウロッテは紳士であり、ニッキにさし迫った危険はない。真夜中にこんなところでぶらぶらしているよりも、むしろ、ベルトララムを探したほうがよかったかもしれない。

十五分たった。

「やってきたぞ」ナークトルが知らせてきた。「ずいぶん快適そうだ。ドライブを楽しんでるみたいだな。よく聞け、友よ。パウロッテがニッキに好意をもってる可能性があると思うか？」

「ばかなことをいうな！」ウィドは腹立たしげに答えた。「自分が見つからないように気をつけたほうがいいぞ」

　しばらくすると、盆地に通じているせまい岩の割れ目のなかに光があらわれた。同時に、家の周囲をとりまいていた照明のうち、ほとんどのものが消えた。ウィドは驚いた。これはどういう意味だ？　ニッキに見られてはまずいものがあったのだろうか？　パウロッテのグライダーは岩の割れ目から浮かび出て、ちいさな建物の入口の前にとまった。ウィドはニッキとパウロッテがグライダーからおりるのを見た。建物の入口のドアが自動的に開いた。

　そのあと、矢継ぎ早に事件が起きた。

　ドアは開いたままだった。ウィドはパウロッテの声を聞いたが、言葉はわからなかった。かれはだれと話しているのだろう？

「ナークトル、すぐこい」ウィドはいった。「ここでは、なにかよからぬことが起きている」

　この決定的瞬間、ナークトルにも異論はなかった。

「すぐに行く」かれは答えた。

　二、三秒たった。突然、ニッキの声が聞こえた。怒っているようだ。家をとりまく暗闇のなかから影があらわれ、家の入口へと滑るように動いていった。逆光のなかで、ウィドはグラドのふさふさしたたてがみに気づいた。ウィドはかれがこういったのをはっきりと聞いた。

「見慣れない乗り物がくる。峡谷にそってきます」

そのあと、家のなかからいい争いが聞こえてきた。パウロッテがののしり、ニッキが怒りの叫び声をあげていた。パウロッテはグラド語でよく聞きとれない命令をわめき立てた。叫び声が耳をつんざくように響き、騒がしい音がそれにつづいた。

ウィドはすでにコンビ銃を手にしていた。ニッキが危険にさらされている、本能がそう告げていた。かれは、これまで木々のあいだにとまっていた二機のグライダーが動きはじめ、家のほうに向かって滑るように動いてくるのを見て驚いた。玄関では混乱が起きていた。何人ものグラドがそこで忙しくしていた。ニッキはどこにも見あたらなかった。一方、アラルド・パウロッテのシルエットは玄関の明かりに照らされて、なおいっそうくっきりと浮きでていた。グライダーのハッチを急いで閉める音が響いてきた。エンジンが怒りの音をたてて轟《とどろ》いた。矢が放たれるように、二機のグライダーは高みに飛びあがり、暗闇のなかに消えていった。

「どうすればいい？」ナークトルが訊ねた。

「パウロッテは玄関のところだ」ウィドは答えた。「やつはきみを待ってるんだ。きみのグライダーがくるのは報告されていたからな。きみを攻撃するんじゃないかと思う。ニッキのあとをつけてきたのがわれわれだってことは予想してるだろう。われわれがふたりとも、グライダーに乗ってると思っているはずだ。そいつがわれわれにとっては有利な点だ」

「いったい、ニッキはどこにいるんだ？」スプリンガーは大声でいった。

「彼女の姿は見えなかった」ウィドはしだいにおちつかない気分になってきた。もしニッキが二機のグライダーのどちらかで運ばれていったのだとしたら、どうなるだろう？

「彼女はまだ家のなかにいると思う。いずれにしても、パウロッテはいる……」

ナークトルのグライダーが岩の隙間から高速で飛びだしてきた。パウロッテは玄関をはなれ、身をかくすために乗り物の背後にまわった。ナークトルは家をめざして飛んでいった。

そのとき、パウロッテのグライダーのうしろで閃光がはしった。腕ほどの太さのエネルギービームが夜をつらぬいた。ナークトルは電光石火の速さで反応した。にもかかわらず、ビームはかれのグライダーに命中した。キャビンの周辺でぎらぎらした赤い炎がゆらめいた。スプリンガーはグライダーの高度をあげようとした。だが、エンジンがうまく作動しない。そして、グライダーは横ざまに墜落し、鈍い音をたてて地面にはげしくぶつかった。ナークトルの姿は見えなかった。

ウィド・ヘルフリッチは怒りに襲われた。パウロッテのグライダーは恰好の目標だった。かれは引き金をひいた。武器から発射された輝くインパルス・ビームが大きなうなり音をたてて目標物に命中したことに、辛辣《しんらつ》な満足感をおぼえた。アラルド・パウロッテは跳びあがった。かれはあざむかれたことを知った。

　グライダーは赤々と燃えあがった。パウロッテは木々の陰にかくれ場を探したが、ウィドのインパルス・ビームのエネルギーは、かれを容赦なく追ってきた。パウロッテは倒れた。ウィドはかれが大型のブラスターを作動させようとしているのを見た。

　その瞬間、グライダーが爆発した。ぎらぎらした白い灼熱が、敷地の前にひろがった。炎はあっというまに四方八方にひろがり、アラルド・パウロッテは炎の壁の背後に姿を消した。

　ウィド・ヘルフリッチはグラヴォ・パックを作動させ、低速で岩壁から谷におりていった。

*

地面は熱かった。燃えた木がぎしぎし音をたてている。炎は岩だらけの斜面を焼きつくしていた。家は奇蹟的に無傷のままだった。かれは正面の部屋を見まわした。だれもいない。さっき二機のグライダーで出発していったグラドたちが、いつ帰ってくるかもわからないのは明らかだった。リスクは充分に承知している。だがかれは、ニッキとナークトルがどうなったかわからないまま、ここをはなれるつもりはなかった。

いまなお赤く燃えている外側の熱が許すかぎり、ウィドはナークトルのグライダーを調べた。内部は黒焦げで、識別が不可能なほど焼きつくされていた。

それでもウィドは、もしスプリンガーが死んでいたとしたら、すこしでも遺体の残骸を見つけなければならなかった。だが、ナークトルの痕跡はまったくなかった。ウィドは墜落場所の周辺をくまなく探した。スプリンガーはなんらかの方法で生きのびているにちがいないという希望にふたたび胸をふくらませたが、なにも見つからなかった。ナークトルは空中に消えたかのようだった。

かれはマイクロカムを通じて《ソロン》に連絡した。ニッキ・フリッケルとナークトルが行方不明になったことを報告し、それにくわえて、この盆地で起きたことを手短かに説明した。

「このようなことに、どう反応していいのかわからない」かれはいった。「火災は遠くから見えたにちがいない。当局があらわれたとき、わたしはここにはいたくない。耳をすませて、もしなにかわかるようだったら、知らせてくれ」

ほぼ同じころ、パウロッテのグライダーの爆発が誘発した炎は燃えつき、ウィドがパウロッテが倒れた場所に近づけるほどになっていた。かれは乗員用コンビネーションの胸のライトのスイッチを入れ、そして硬直した。無意識に手をベルトにさっと動かし、スライド式のホルスターから銃をつかみだした。焼けた植物の残骸から、まだところどころで立ち昇っているもうもうたる煙を通して、人型の輪郭が見えたからだ。それは地べたにかがみこみ、なにかを探しているようすだった。

「動くな！」ウィドは鋭い口調でいった。

「ばかな真似はよせ！」ナークトルの声をしたその姿がいった。「きみの胸のライトのせいで、きみがいるのはここからでも見えるぞ」

ウィドは友のほうへ走っていった。燃えた地面の熱が靴底をとおしてしみこんでくるのも、刺すような煙が目にしみて涙がでてくるのもおかまいなしに。かれはしゃがんでいるスプリンガーの肩を抱いて、引き起こした。

「おい、ナークトル……」かれは押しだすようにいった。

「ばかにしないでくれ」ナークトルはいった。「スプリンガーだぞ」

「どこにいたんだ？　ずっと探していたのに気づかなかったのか？」

ナークトルはかぶりを振った。

「グライダーがもうもたないのがわかって、飛びおりたんだ」かれは答えた。「ハッチはすぐに開いたんだが、グラヴォ・パックの起動が間に合わなかったんだよ。かなり危険な状況だった。二、三分、意識を失っていたにちがいない。そのあとこの近くでしゃがみこんで、地面が冷えるのを待っていたんだ」

かれは両手を高くあげた。胸のライトの光のなかで、その手が火ぶくれにおおわれているのが見えた。

「きみには気づかなかったよ」ナークトルはつづけた。「きみがライトをつけたとき、ようやくまだこのあたりにいたんだってわかったんだ。ニッキを追っていったのかと思っていた」

「なにを使って？　徒歩でか？」

「グラヴォ・パックだよ」スプリンガーは簡潔に答えた。

「遅すぎる。どちらのグライダーにも追いつけない」

「では、どちらかのグライダーに彼女が乗せられてたのはたしかなんだな？」

「そう考えるほかはなさそうだ」ウィドはいった。「家はからっぽだった。すぐに当局に知らせて、彼女が……」

「そうだ、その必要がある」ナークトルは話をさえぎった。「だがまず、ここをじっくり見てみろよ」

ナークトルはふたたびしゃがみこんだ。ウィドはしだいに、いたたまれない気持ちになってきた。足裏は焼けつくように痛み、煙で喉がつまりそうだった。ナークトルはそんなことはおかまいなしのようすだった。かれはなかば焼けこげた棒で、灰のなかを突っつきまわし、なにかわからないものを掘りだした。

「くそっ、骨だ」かれがつぶやくのをウィドは聞いた。「そんなことだろうと思っていた。とてつもない炎だったからな。服もからだの細胞組織も、もうのこっていない。骨だけだ。で、これは？」

　かれは跳びあがって、その炭化した物体をウィドの目の前に突きつけた。それは、かつては一辺が一・五センチメートルほどの金属製の立方体だったにちがいない。ウィドは思わずあとずさりした。

「これはなんなんだ？」かれは疑わしげに訊ねた。

「シントロニクス論理エレメントだ」ナークトルは答えた。「現在の技術について知るかぎり、十億のさまざまな機能をそなえている。そして、ここに……」

　かれは身をかがめ、細い綱をとって、ふたたび立ちあがった。

「バイオトロン腱……」

　三度めのかがみこみで、こんどはスプリンガーは円形のちいさな葉を手にもっていた。それは火がまったく触れなかったかのように明るい金色に輝いていた。

「シントロニクス記憶ユニットだ。容量は十億バイト」

「なにがいいたいんだ？」ウィドは混乱して訊ねた。「アラルド・パウロッテはロボットだったのか？」

「いいや、ロボットではない。骨はまちがいなく有機的なものだ。有機的な要素とシントロニクス的な要素が交配された雑種だ。ぼくの記憶にまちがいがなければ、ドロイドと名づけられている」

*

《ソロン》では、パテンベ当局がトリンダルラーの屋敷での出来ごとに関心をもっているという情報はまだつかめていなかった。ウィドとナークトルは死んだアラルド・パウロッテの残骸をポケットがいっぱいになるまで詰めこんだ。最終的にかれらは乗り物を再度レンタルすることに成功し、それに乗って市内にもどってきた。

「かれらはなにをニッキにもとめているのだろう？」ウィドは途上で訊ねた。

「そいつはもっと前から考えるべきだったな」ナークトルは答えた。「〝かれら〟とはいったいだれだ？　それを知ってはじめて、動機について頭を悩ませることができる。だれか家から連れていかれたやつを見なかったか？」

「見なかった。玄関のところにけっこういっぱいいたんだ。だが、ニッキはそのなかにはいなかったはずだ」

「ニッキとトリンダルラー」ナークトルはいった。

「そいつがこの襲撃に関与していたと思っているのか？」

「わからない」スプリンガーはいった。「かれはもういなかった。つまり、かれはどちらかのグライダーで飛び去ったんだ。かれはパウロッテと結託していたか、あるいは、かれ自身が襲撃の犠牲者だったのかもしれない」

　ふたりはタイムレス・ホテルで、煤で真っ黒になった乗員用コンビネーションを脱ぎ、普段着を身につけた。そうこうするうちに朝になった。ニュースでは、トリンダルラーの家のまわりで起きた事件についてはなにも報じていないようだった。ウィド・ヘルフリッチは、アラルド・パウロッテに撃墜されたグライダーを借りたレンタル業者に連絡したが、まず当局に報告する必要があるといわれた。そのあとで、損害の件について話をしましょう、と。

　ウィドとナークトルはいずれにしても当局を訪問するつもりだった。かれらは公的な情報システムを使って調査し、最終的にはホテルから数ブロックはなれたところにある公共安全諮問グループの中央事務局を見つけた。門衛ロボットはかれらの願望を訊ね、二十八階にある部屋へ行くように指示した。そこでかれらは、ふたたび前夜の出来ごとの正確な経過についてしつこく質問するロボットに対処しなくてはならなかった。尋問は三十分つづいた。そのあとロボットは四十三階の八〇九号室に行くように指示した。そこでは訴えをさらにくわしく処理するということだった。四十三階の八〇九号室で、かれらはようやく有機体の者と向かい合ってすわった。それは赤褐色のたてがみをもち、制服のようなローブを着たグラドだった。服の左胸にはグラド文明の大昔からのシンボルである、矢を突き通した赤い玉が光り輝いていた。

「客人のあなたがたが、そのように不快なことに身をさらされて申しわけない」赤髪は礼儀正しく接見した。「わたしはプラヴヴェロク、この市の公安捜査局の特別監察官だ。あなたがたの報告書はわたしが受理した。トリンダルラーは非常に尊敬されている市民だ。もちろん、われわれはこの件を究明し、トリンダルラーを見つけ出すために、力のおよぶかぎり手を打つつもりだ」

「われわれとしては、媒体伝達士のことよりも、われわれの宇宙船の船長にして宇宙ハンザの公認特使でもある者のことのほうが重要なのだ」ナークトルは説明した。

「彼女の安寧についても、われわれは心を配る」プラヴヴェロクは保証した。

「その場合、考慮すべきことは」ウィド・ヘルフリッチが口をはさんだ。「トリンダルラー自身が誘拐犯グループに属している可能性があるということだ」

特別監察官は信じられないという驚きの身ぶりをした。

「トリンダルラーが？」かれは叫んだ。「ぜったいにない！」

「なんといおうがあなたのかってだが」ナークトルはいった。「われわれが報告書に書いたとおり、誘拐犯のひとりはドロイドだった。これは有益な手がかりになるはずだ。アイシュラン＝ホにドロイドは何体いるんだ？」

「一体もいないと聞いている」プラヴヴェロクは説明した。

「調査にはどれくらいの日数がかかるのかね？」ウィドが訊ねた。

「それはいえない。捜査のむずかしさしだいだ。二週間、あるいは三……」

　ナークトルは立ちあがった。顔には怒りがあらわれていた。

「そんなふうに投げやりに事件を扱うなんて承知できない」かれはいった。「わたしが要求するのは……」

「あなたは、ここではなにも要求できない」特別監察官は鋭くさえぎった。「ここではすべてが……」

「おお、そうか？　見てみようじゃないか！」ナークトルは高飛車にでた。「わたしは円卓会議執行部の記録係であるアロングプジャラトに直接、相談する」

　プラヴヴェロクは答えが喉まで出かかっていた。明らかに怒りの答えが。だが、口にはださなかった。二、三秒間、かれは口を開いたまま立っていた。

「だれにだって？」しまいに、かれは訊ねた。

「アロングプジャラト」ナークトルは凍りついたような表情でいった。「かれを個人的に知っている」

　プラヴヴェロクの顔はぴくぴく動いた。

「あなたの個人的な知り合いかもしれないが」かれはいった。「だが、円卓会議執行部のメンバーに、アロングプジャラトという名前の者はいない。また、アイシュラン＝ホの市民のなかにも、そんな名前の者はいない。つまり、アロングプジャラトというのはわれわれの先祖が四、五千年前に話していた言語にある言葉だ。その意味は〝だまされた人〟だ」

　特別監察官はたぶん上の階まで聞こえるにちがいないような声で笑いだした。ナークトルとウィドがいつもの威厳もなく、あわてて退去したのはいうまでもなかった。

「〝だまされた人〟だってよ」ようやくまた道路に立ったとき、ナークトルは腹立たしげにつぶやいた。「古代グラド語を知ってさえいたら、こんなことにはならなかったのに」

「われわれは自分の手で解決するしかない」ウィド・ヘルフリッチは心を決めた。「この土地の役所は信じられない。ニッキ・フリッケルがどうなったかなど、連中にはどうでもいいんだ。やつらはトリンダルラーのことは心配するだろうが、それだって、それほどじゃないだろう」

　終わりまで話しきらないうちに、マイクロカムの受信機のビープ音が聞こえ、声が伝えた。

「こちら《ソロン》。ナークトル、ウィド……聞こえるか？」

「聞いている」ふたりは異口《いく》同音《どうおん》に答えた。

「気晴らしに、ちょっとうれしいニュースを。たったいま、《シマロン》がアイシュラン＝ホの周回軌道に到着した！」

ウィドとスプリンガーはたがいに見かわした。ウィドの骨ばった顔に満面の笑みが浮かんだ。

「あの人がくれば」かれはいった。「やつらを急《せ》き立ててくれるだろう！」

あとがきにかえて

小津　薫

先日、本棚を整理していて未読の文庫本が何冊もあるのに気づいた。そのなかに『モーパッサン　怪奇傑作集』というのがあった。『女の一生』のあの作家が怪奇小説を？　だが読んでみると、物語というより作者自身の心の叫びであるかのような生々しくも恐ろしい作品ばかりだった。なかに〝新しい生物！　あってもおかしくないじゃないか！　そいつが当然やってきたまでのことではないか！　われわれ人間が最後の生物というわけでもあるまい！〟という一節があった。クルト・マールの「宇宙ハンザの特使」の原作を読んだわたしは、アラルド・パウロッテがじつは有機的要素とシントロニクス的要素が交配された雑種だったというくだりに唖然としたところだった。二十世紀のＳＦ作家たちは何と多種多様な人類や生き物を創造していることか！　〝新しい生物〟を思い描いていた十九世紀の文豪がローダン・シリーズを読んだら何を思っただろう？

訳者略歴　同志社女子大学英米文学科卒，ミュンヘン大学美術史学科中退，英米文学翻訳家，独文学翻訳家　訳書『試験惑星チェイラツ』ヴィンター＆エーヴェルス，『テラナー抹殺指令』エーヴェルス＆フォルツ（以上早川書房刊）他多数

HM=Hayakawa Mystery
SF=Science Fiction
JA=Japanese Author
NV=Novel
NF=Nonfiction
FT=Fantasy

宇宙英雄ローダン・シリーズ〈705〉

M‐3の捜索者《そうさくしゃ》

〈SF2429〉

二〇二四年一月二十日　印刷
二〇二四年一月二十五日　発行
（定価はカバーに表示してあります）

著　者　アルント・エルマー
　　　　クルト・マール
訳　者　小《お》津《づ》　薫《かおる》
発行者　早　川　　浩
発行所　株式会社　早川書房
郵便番号　一〇一 - 〇〇四六
東京都千代田区神田多町二ノ二
電話　〇三 - 三二五二 - 三一一一
振替　〇〇一六〇 - 三 - 四七七九九
https://www.hayakawa-online.co.jp

乱丁・落丁本は小社制作部宛お送り下さい。
送料小社負担にてお取りかえいたします。

印刷・信毎書籍印刷株式会社　製本・株式会社明光社
Printed and bound in Japan
ISBN978-4-15-012429-8 C0197